ベリーズ文庫

愛に目覚めた外交官は
双子ママを生涯一途に甘やかす

若菜モモ

STARTS
スターツ出版株式会社

目次

愛に目覚めた外交官は双子ママを生涯一途に甘やかす

愛に目覚めた外交官は
双子ママを生涯一途に甘やかす

プロローグ

「ママ、いってきまーす」

「はやくおむかえきてね」

保育園の園舎の入口で保育士に迎えられ、ふたりの小さな息子は私に手を振る。

「うん。がんばって早く来るからね。いってらっしゃい」

お友達が迎えに現れて双子は室内へ入っていき、楽しそうな様子に笑みを深める。

「よろしくお願いします」

保育士に軽く頭を下げてその場を離れた。


一日忙しく働いたらすぐにふたりを迎えに行く。帰宅して先にお風呂に入り、出てきてから急いで夕食を作る。

彼らが大好きなオムライスと温野菜のサラダを食べさせている間に、洗濯機を回す。

本当に毎日忙しく、やることはもりだくさんだ。

それでも夕食は子どもたちと過ごせる大切な時間。今日も保育園であったことを話してもらった。どうやら兄の大輝《だいき》がお友達とけんかしたらしい。

「ぼくがだめなの」

スプーンを持つ手を止めて大輝がシュンとなる。そんな様子を見て弟の克輝《かつき》が口を開く。

「ママ、だいちゃん、ちゃんとなかなおりしたから、いいんだよ。みくせんせいもそういってた」

「そっか。ちゃんと仲直りができたんだね。おりこうさんだよ」

頭をいい子いい子となでてあげると、シュンとしていた顔がほころんだ。

ついこないだまで赤ちゃんだったのに、いつの間にか立派に成長しているんだと思ったら、より愛おしさが込み上がる。

この子たちを授かって、父親である彼にそのことはいっさい告げずになんとかここまで生きてきた。今頃、どうしているだろう。

異国で奇跡的な出会いをした彼のことをつい思い浮かべそうになり、ハッとして必死に気持ちを切り替える。

私にはこの子たちがいればそれでいい。

あの日々のことはもう、儚い夢のようなものだから。

一、破局後の思いきった行動

私、岬和音《みさきかずね》は、イタリアのローマに向かっている。

これから二カ月間、今までの生活とはガラリと変わる。異国の地で学ぶことへのドキドキとワクワクが止まらない。

窓の外へ顔を向けて青い空を眺める。機上の下には雲がある。

このフライトは夢への第一歩だ。

成田《なりた》国際空港を定刻通り午前九時五十五分に離陸した『ALL AIR NIPPON航空』の旅客機は十三時間後、目的地であるイタリアのフィウミチーノ空港に到着する予定だ。

機内食を食べ終わり、しだいに照明が落とされていく。

就寝する乗客や映画を観る乗客がいるが、私の右隣に並んで座っている男女カップルがローマで訪れたい場所の話をしていて、その声は前後の席にも聞こえるくらいの音量なので、いささか迷惑である。

寝よう……。

ブランケットを首まで上げ、機内イヤホンでヒーリングの曲を流して目を閉じる。

隣のカップルの仲がいいところを見てしまったせいか、一カ月前に別れた婚約者、間山達也《まやまたつや》のことを思い出してしまった。

私は私立の女子大学を卒業後、港区《みなとく》のコーヒー会社に就職した。海外でのコーヒー豆栽培・製造から販売までを幅広く行う大企業で、配属は営業部。営業担当として取引先を相手にする仕事はやりがいがあって楽しく、業務時間外も仲のいい同期社員たちと集まって飲み会をしたりと充実した日々を送っていた。

去年の春に広報部で働く同期社員の達也と付き合い始め、約一年の交際を経て婚約。二十七歳の私はまさに絶好調のはずだった。

それなのに……。

達也の浮気のせいで彼と別れ、さらに四年半働いた会社を辞めた私は、今まさに自分の夢を実現させようと一歩を踏み出したばかりだ。

ここ四カ月は本当にあっという間で、まさかこんな展開になるなんて思いもしなかった。

◇　◇　◇

「はぁ~雨だと外に出るのが嫌になっちゃうね」

五月中旬のある日、私は同期社員の岸谷可南子《きしたにかなこ》と会社近くのカフェへランチに出ていた。

「営業は顧客に会いに行ってなんぼだものね」

可南子は同じ営業部一課所属で事務をしている。本来はかたくて真面目な性格の私だけれど、新入社員研修の頃からなにかと可南子の社交性に助けてもらうことが多くて、次第に心を開けるようになった、今ではなんでも話せる親友だ。

「ところで話そうか迷ったんだけど」

可南子が困ったような表情を浮かべるので、「なにを？」と促す。

「和音……間山君さ、昨日岡島《おかじま》さんと外で一緒にいるところ見ちゃったんだよね」

岡島さんは去年入社した総務部所属の女性社員だ。かわいい系で、営業部の男性たちも食事に誘おうかなどと話していたので私も知っている。

「仕事の話があったんじゃない？　達也は課長になったばかりだし、なにか事務処理の確認とか」

オムライスを食べている手を止めて、可南子を見やる。達也は今年の四月に広報部で課長に昇進したばかりだ。

「なにのんきに構えてるのよ。婚約してるからって、安心できないわよ。間山君は優しいから意外と女性社員に人気なのよ？」

先月、私と達也は結婚を約束して、エンゲージリングを贈られた。私の左手の薬指にはひと粒のダイヤモンドが輝いている。

「いちいち気にしていたら身がもたないわ」

私たちは達也からのアプローチで付き合い始めた。同期として会っていた頃から彼の内面のよさを知っていたし、誰にでも親身になって優しいところに惹《ひ》かれた。一緒にいると居心地がよくて、とにかく大好きだ。

「まあ和音だって、色白で薄化粧なのにかわいいからひそかに狙っている男性がたくさんいるだろうけど」

「そんなわけないよ」

標準的な体形に印象の薄い造作の顔。まさに平凡の塊で、自分の容姿で好きなのは母親譲りのサラサラ髪くらいだ。生まれつき明るめのブラウンで、最近は肩下で揃《そろ》えている。

「それに、見た目はほんわかしているけど仕事ができるって、上司からの評価も高いしね。新規の顧客を取りに行くときは岬さんを連れていけって言ってる」

「私はコーヒーが大好きだからつい熱く語りすぎちゃうんだけどね。って、私の話はいいから。話を戻して」

「あ、そうだったわ。間山君と岡島さんの話ね。お昼過ぎ、郵便局へ行った帰りに駅近くのレストランに入っていくのを見たのよ。仕事の話ならわざわざ外でランチしなくても社内でできそうなものだけど」

岡島さんはかわいい顔をしていてふわっとした雰囲気があって、いつでもニコニコしているので男性社員から受けがいい。『岡島さん、いいよな〜』と、部署が違う私にでさえ彼女の話は耳に入ってくる。

でも、お昼にレストランに入っただけでやましい話だと決めつけるべきではない。きっと仕事の相談をする時間がお昼しかなくて、息抜きにでも行っていたんだろう。

私は達也を信じているので、とくに疑問には思わず可南子に「そうかな？　きっとたまたまだよ」と返してオムライスの続きを食べた。

しかしそれからしだいに、達也と岡島さんの噂《うわさ》が耳に入ってくるようになった。

達也は大事な仕事を任されているとかで、私が退勤後に食事に行こうと誘っても忙しいと言って断る。

「この仕事が終わったら時間をつくるから、週末旅行へ行こう」

　そんなふうに代案を出されたら、強引に会おうとは言えない。

　そんな中、営業部の先輩男性が「お前の婚約者、岡島さんと会っているようだぞ」とわざわざ私に話しに来た。

「婚約した男がホッとして、ほかの女に手をつけたくなるってやつかもな」

　その先輩男性は業績の関係で私にライバル意識を持っていたので、バカにしたように鼻を鳴らして去っていった。

　本当にそうなのか。さすがに気になって達也に聞きたかったが、いざ電話をかけようと思ってもできない。

　可南子からもまたふたりでいるところを見たと言われた。非常階段のドアの外から、こそこそと時間差で戻ってきたところを目にしたらしい。

　達也から今日も会えないとメッセージが送られてきて、可南子と夕食を食べに行くことになった。

「和音、いい加減に間山君を問いつめなよ。社内で三角関係だとおもしろがられているんだよ？」

　その噂も知っている。

達也の耳にも入っているはずなのに、知らぬ存ぜぬを貫く彼に対して、信頼が失われていく。

エンゲージリングに目を落とした。結婚の約束はなんだったのだろうか……。

でも達也は私が初めて体を許すほどに愛した人だから、本当のことを追及するのが怖くて身動きが取れないでいた。

私がついに決定的な瞬間を見てしまったのは、可南子から話を聞いて一カ月が経った頃だった。

木曜日、退勤時間を過ぎたがどうしても残業することがあり営業先から会社に戻っていた。その途中、話に夢中な様子の達也と岡島さんが歩いてくるのが見えて、私はとっさにビルの陰に隠れた。

ふたりは私の存在には気づかずに通り過ぎていく。

達也がおもしろおかしいことを話しているのだろう、岡島さんの楽しそうな笑い声が聞こえた。

まるで私をあざ笑っているかのように思えて、衝動的に彼らの後を追って歩き出す。

ふたりはこれから食事にでも行くのだろうか？

すると達也がふいに立ち止まり辺りを見回すので、私は慌てて路地に身をひそめた。尾行するなんて、なにやってるんだろう……。

こっそり顔を出して見た瞬間、がくぜんとなった。また歩き始めたふたりは手をがっしり握って、いわゆる恋人つなぎをしていたのだ。

それから達也と岡島さんは、少し行った先にある十五階建てのシンプルな黒い建物のビジネスホテルへと入っていった。

その様子を見て、心臓がえぐられるかと思ったほど痛かった。

達也と岡島さんの関係は……そうだったんだ……。

彼を信じて、岡島さんとは特別な関係ではないのだと思い込んでいた自分を笑う。

浮気の事実を知って、なにもなかったように結婚なんてできない。

達也はどういうつもりなんだろう。私にプロポーズしたことを後悔している？　それともまったく気にしていないのだろうか。

その夜、ひとり暮らしの自宅マンションに帰宅したのは二十二時を過ぎた頃だった。

1DKの部屋のベッドに力なく腰を落として、ギュッとスマホを握りしめる。

ふたりがホテルへ入っていくのを目撃した後オフィスへ戻り、残業をしている間もずっと達也と岡島さんの姿が脳裏に焼きついて離れなかった。

涙がポロポロ頬を伝わり、止めようと思っても止まらない。最後には号泣してしまい、ようやく涙が止まったときには目が痛かった。達也を信じたかったが、決定的な瞬間を見てしまいもう許すことはできない。

握りしめていたスマホを見つめてから、彼の番号をタップした。呼び出し音は十回鳴って、達也は電話に出た。

《ああ、和音。どうした？》

まだ岡島さんと一緒にいるのだろうか。ホテルに入るのを見て衝撃を受けてからずっと思案していたけれど、今彼が何事もないかのように話した声を聞いて、スッと憑《つ》き物が落ちたような感覚になった。

もう達也とは決別しよう。

「間山さん、話があるの」

《間山さんって言い方、どうしたんだよ。なんか怒ってる？》

「私たち婚約解消しましょう」

一瞬、電話の向こうで彼が息をのんだような気配がした。

《ちょ、ちょっと待ってくれ。忙しくて会えなくて申し訳なかったが、そこまですることはないだろ》

そう話す声は少しくぐもって聞こえて、彼の口から〝婚約解消〟の文言が出ない理由はまだ岡島さんが近くにいるからだろうと推測された。

「今日、営業先から戻ってきたときにあなたが岡島さんとふたりでホテルに入っていくのを見たの。がっしりと手をつないで笑顔で。浮気は絶対に許せない。私はあなたと結婚しないわ。婚約指輪は返すから」

彼がなにか言う前に、通話を切った。

その後、可南子にはふたりの決定的な場面を見てしまい一方的に婚約解消したと話したり、山口《やまぐち》県にいる両親へ婚約解消の連絡をしたりと忙しかった。

冷えた心がなければ両親へはとくに話しづらかったし、泣きだしてしまったかもしれない。両親は達也が浮気者だと結婚する前にわかってよかったと、理解してくれた。

二歳離れた妹、朱音《あかね》も、両親から事情を聞いて電話をかけてきてくれた。都内に住む彼女は去年結婚して、五月に女の子を出産している。

私のひとつ上の兄も結婚しておりふたり子どもがいて、実家で両親と暮らしている。兄は父が社長を務める不動産会社で副社長を任され、部下からの信頼も厚い。

両親は昔から、子どもたちには早く結婚して幸せになってほしいと言っていた。私が結婚すればきょうだい全員が所帯を持ち、両親の心配事がなくなる予定だったのに。

そう思うと申し訳ない気持ちが湧き上がるが、それでも達也とは絶対に結婚したくない。

その週末、今回の件で憤っていた可南子は私の行動を褒めてくれ、コンビニで買ったビールとおつまみを持ってうちに来てくれた。

婚約破棄後、達也は電話を何度もかけてきたりオフィスで接触してこようとしたりして気が休まらなかった。もちろんすべて無視している。

忙しいからと会うのを断られていたときとは打って変わって彼の態度は変化したが、私の気持ちが揺れ動くことはない。

電話できっぱり婚約解消を告げ、そのときすでにはずしていたエンゲージリングは彼の自宅に送った。

社内では私たちが別れた話が飛び交っており、私は悪くないのだから気にせず仕事をしていたが、信じられないことに達也が私について嘘の話を流し始めたのだ。

多額の借金が発覚したから破局になったなどと言いふらし、私が否定しても噂は広がっていくばかりだった。達也の浮気を報告してきた先輩男性は、わざと私に聞こえるような大声で同僚に『金に困ってる女と結婚なんてできないよな』と話す始末。

会社にいづらくなる中、これからの人生を考えるようになった。

コーヒーが好きで仕事でもずっと携わっていたので、いつか自分のカフェを持ちたいと思っていた。これを機会にカフェ経営やバリスタについての勉強を本格的にしてみよう。今が人生の転機なのかもしれない。

そんな思いがまとまって、八月末日で四年半勤めた会社を退職。自由を得られたような気分でイタリアへの短期留学を決めた。フィレンツェにあるバリスタ育成の学校で、期間は二カ月。

渡航の予定を組んだ私は、九月下旬、イタリア行きの飛行機に乗り込んだ。

◇◇◇

旅客機はフィウミチーノ空港の滑走路に定刻通りに着陸した。こちらは夕方だ。

入国審査、そして荷物の受け取りへと向かう。黒いキャリーケースを無事手にして、市内へと向かう到着ロビーに出る。

大学二年生の半年間をアメリカのボストンで交換留学生として過ごしたので、ある程度の英会話は困らないが、ここはイタリアだ。イタリア語は大学生の頃に第二外国語で専攻したけれど、話せるところまではいかなかった。

こちらで通う学校には英語で習う授業がある。イタリア語で受けるよりもいいだろうと思ってそこに決めた。ずっと憧れていたイタリアだったので、この際観光も兼ねてこちらでバリスタの勉強をしてみようと一大決心したのだ。

到着ロビーからエアポートシャトルのバス乗り場もすぐにわかって、チケットを購入し、キャリーケースを預けて乗り込んだ。

順調ね。英語表記もあるから問題なさそうだ。

座席に座るとあくびが出てくる。機内でほとんど眠れなかったせいだ。

予約したホテル近くのテルミニ駅まで、エアポートシャトルバスで一時間くらいだとガイドブックに書かれていた。

少し眠りたい気もするが、憧れていたイタリアに来られて気持ちが高揚しているので、景色を眺めることにした。

車内には十人ほどしかいないが、うかつに眠るのもよくない。トラブルに遭わないように緊張感を持って行動しなければ。

この時季のローマの気温は東京《とうきょう》とほぼ変わらない。朝晩は冷え込むらしいが、日中は二十度くらいで過ごしやすいようだ。

大学生のときに体験した交換留学の滞在先はホームステイだったが、今回は学校の寮。

バリスタの学校が始まるのは六日後からで、それまでローマのホテルに滞在してあちこち観光をするつもりだ。

一時間後、エアポートシャトルバスはテルミニ駅のバスターミナルに到着した。バスを降り、ホテルまでの地図をスマホのアプリで確認してからキャリーケースを引いて歩き始める。

テルミニ駅からすぐ近くのホテルを予約したので、ほどなくして到着した。

こぢんまりしたホテルに入り、フロントカウンターでチェックインをする。部屋のカードキーを渡され、キャリーケースを引き、エレベーターに乗って五階で降りた。

部屋はシングルベッドのスーペリアルームで、テーブルや椅子、ソファがあり、十分な広さで快適だ。

いい部屋ね。滞在するならそこそこの広さと清潔な部屋が一番。

時計を見るともうすぐ十七時。

荷物をほどいてから周辺を歩こう。気になるお店があったらそこで食事をしてもいいし、なければコーヒーショップでテイクアウトしてくればいい。

キャリーケースを部屋の中央に置き、ロックベルトの鍵の番号を回す。しかし、合っているはずなのに開かない。

あれ？　番号違った……？

そこでキャリーケースにつけていたネームタグがないことに気づき、一瞬体が硬直した。

「ええっ？」

このキャリーケースは兄に貸してもらったものだ。『奮発して買ったやつだから壊すなよ』と言われたのに……。ネームタグがなにかの拍子に取れてしまったのかもしれない。

ロックベルトはどうにかしてはずせるだろうと思ってキャリーケースの鍵を差し込んでみたが、なんとそちらも回らない。

このキャリーケースが万が一他人のもので、違っていたら……と、心臓が嫌な音を立てる。

もしそうだとしたら、私のキャリーケースはまだ空港に置きっぱなし？

その考えが脳裏をよぎった瞬間、サーッと血の気が引いてクラクラした。

「で、電話して確認しなきゃ！」

ソファの上に無造作に放ったままのショルダーバッグに近づき、中から今回の旅行に関する資料が挟まっている小さなファイルとスマホを取り出した。

えーっと、航空会社に電話をすれば……。

ターンテーブルに荷物が出てこない場合には、ロストバゲージとしてカウンターに話せばいいだろうが、間違って持ってきてしまったときは？　このキャリーケースの持ち主はさぞ心配しているだろう。警察沙汰になってしまうかもしれない。

ファイルから航空会社の電話番号を見つけ、電話をかけようとした瞬間、見知らぬ番号からかかっていたことに気づく。

「この番号は、もしかしてキャリーケースの持ち主？」

そうであってほしい。ロストバゲージした際の対策としてネームタグに名前と連絡先を書いておいたので、きっとそれに気づいたのだろう。

折り返しかけようとしたとき、画面が変わり履歴と同じ数字が浮かび上がって着信を知らせたので慌てて通話をタップした。

「も、もしもし？　Hello？」

日本語で言ってから、外国人かもしれないと口にする。

《ミサキカズネさん？》

落ち着いた男性の声で、はっきり日本語で尋ねられる。

でも、この男性がキャリーケースの持ち主なのかわからないため、返事をしていいものか悩んで言葉が続けられない。

すると、電話の向こうでふっと笑う気配がした。

《なかなか危機意識があるみたいで、結構なことです。君のキャリーケースを預かっている。俺のを持っていますね？　最後までターンテーブルに残っていたのが君のタグがついたキャリーケースだ。まるっきり同じで驚いたよ》

キャリーケースの話が出て胸をなで下ろす。

ってことは、私が先に彼のを持ってきてしまったのだ。

「はい。申し訳ありません。間違えてしまいました」

こんなトラブルに遭って、彼は迷惑をしているだろう。声からは苛立ちはうかがえないが。

「ご心配かけて本当に申し訳ありません。すぐにお持ちします。どちらにいらっしゃいますか？」

まだ空港にいるとしたら一時間も待たせてしまう。私はなんて間抜けなことをしちゃったの？

《市内にいます。君は今どこに？》

空港ではないとわかって安堵する。市内であれば空港より近い。

「テルミニ駅近くのホテルです。すぐに向かいますので場所を指定してください」

《仕事があって待たせてしまうから、ホテルで待っていてくれませんか》

会ったこともない人に滞在先を教えていいのだろうか。でも私のミスなんだし……。

逡巡《しゅんじゅん》したのち自分の滞在ホテルの名前を告げて、先ほどまで格闘していたキャリーケースへ視線を落とす。

《わかった、また連絡します》

「あの――」

通話はプツンと切れた。

前代未聞の大ミスをするなんて……。もう、私ったらなにをしてるの？

どうしよう……迷惑をかけた上にわざわざ来てくれるのだからお礼をしなくては。

そうだ、夕食をご馳走させてもらおう。彼に時間があればの話だが。今日でなくてもここに滞在中だったらこっちは都合をつけられるし。

どんな人かもまったくわからないが、落ち着いた声だった。新婚旅行中だったらどうしようと思ったけれど、仕事だったみたいだ。どちらにしても水を差してしまったことになる。

ターンテーブルでキャリーケースを見つけたとき、確認を怠った自分が恥ずかしい。

彼から十九時にホテルへ来ると連絡があり、約束の五分前に彼のキャリーケースとともにロビーへ下りて入口近くで待つ。

ホテルに着いてから約一時間半、スマホを見たりガイドブックを読んだりしていたが、これから知らない男性と落ち合うと考えたら緊張して、ただソワソワと過ごした。

外を見ているとタクシーが止まり、高身長で体躯《たいく》のいい東洋人らしき男性が降りて、運転手がトランクから黒のキャリーケースを出しているのが目に入った。

あの人が……。

遠目だが、稀《まれ》に見る端整な顔立ちでびっくりだ。

ガラスドアから、男性が堂々とした足取りで入ってくる。周りの外国人にも引けを取らない体躯のよさをぼうぜんと見ていた。

キャリーケースが置いてある私のところまで、彼はまっすぐやって来た。対面に立たれて、ハッと目が覚めた感覚だ。

「岬です。ご迷惑をおかけしてしまい申し訳ありませんでした」

ガバッと頭を下げて謝る。

彼が引いてきたキャリーケースには、たしかに私がつけたネームタグがある。シンプルな黒いプラスチックのタグで、同化してしまうから気づけなかったのだ。

「キャリーケースもロックベルトもまるっきり同じだな。こんな偶然、天文学的な確率の数字だろう」

怒っている様子はなくて、そんな男性に私は安堵《あんど》感から小さく微笑みを浮かべる。

でも眼差《まなざ》しは鋭くて、一見冷淡にも見える人だ。ただ、苛立ちはうかがえないのでホッとしている。

「はい……私がよく確認をしなかったせいです。本当に申し訳ありません」

「もう謝らないでいいよ。俺も急いでいたら同じことをしたかもしれないし」

「あの、突然ですが謝罪とお礼をさせてください。夕食はいかがでしょうか？　奥様がいらっしゃいましたら、ご一緒に」

チラッと彼の左手の薬指を見てしまった。リングはしていないが、結婚していてもつけない男性もいる。

仕事とは言っても、夫婦同伴ってこともある。

これだけ素敵な雰囲気を持つ男性なら、きっと結婚しているだろう。

「妻はいない。こっちに駐在しているんだ」

「そうでしたか」

なんだか個人的なことを気軽に尋ねてしまい、いつもの私ではないみたいだ。

外国にいるせいだと思いたい。

「こんなことになったのもなにかの縁があるのかもしれないな。だが、今夜は予定が入っていてね」

「そうでしたか……では、私は数日観光でここにいますので、その間にご馳走させてください」

「わかった。明日の夜なら大丈夫そうだ。君の予定は？」

「私はいつでも大丈夫です。あらためまして、岬和音です」

「有栖川《ありすがわ》伊吹《いぶき》です」

かっこいい名前で、芸名なのではないかと思ってしまう。

「ローマは詳しいですか？　お店、有栖川さんのお好きなところでかまいません。とくになければ探しますので、明日ご連絡をください」

彼はカジュアルなサックスブルーのジャケットの袖を少し上げて、腕時計で時間を確認する。

「そのときの気分で、会ってから決めよう。明日の夕方連絡を入れるよ。じゃあ……あ、スリには気をつけて」

有栖川さんは麗しい笑みを浮かべ、自分のキャリーケースを引きながらエントランスを出ていく。待たせていたタクシーに乗り、去っていった。

足もとにあるキャリーケースに安堵して、自分の部屋に戻る。

はぁ〜びっくりした……。

なににびっくりしたって、有栖川さんの容姿にだ。

大人の色気をまとい、眼差しは鋭く、冷淡にも見える美麗な男性だった。

話すたびにドキドキした。

紳士的だったな。ああいう雰囲気を、大人の余裕があると言うのだろうか。

食事の約束をしたけれど、本当に彼が守るかはわからない。あの場の社交辞令だったのかもしれないし。

「それはそれで仕方ないよね」

とにかく自分のキャリーケースが手もとに戻ってきてよかった。

もう一度有栖川さんに感謝して、荷物整理を始めた。

片づけを終え、ホテル近くのピザを量り売りしているお店で買ってきて部屋で食べた。熱々は食べられなかったが、それでもチーズが濃厚でとてもおいしかった。

シャワーを浴び早々にベッドに入り、いろいろなことを考える間もなく私はすぐ眠りに落ちた。


翌朝目覚めてスマホをチェックしてみると、可南子からメッセージが入っていた。

【無事に着いた？】

友人はたくさんいるが、心配してくれるのは可南子だけだ。

こちらが朝の七時を回ったところなので、向こうは十四時頃。時差は日本の方が七時間進んでいる。

キャリーケースを間違えて持ってきてしまった自分のバカさ加減を報告するとともに、その人がローマに駐在していて、稀に見る素敵な人だったと送る。

するとすぐに【そんな素敵な男性とキャリーケースがまったく同じだったなんて、ロマンスよ！　間山のことなんて綺麗《きれい》さっぱり忘れて、その人ともう一度会ったらいいわ】とメッセージが届く。

ロマンスって……。

【達也のことは忘れたわ。でも今はバリスタになるための勉強が第一よ】

有栖川さんと食事の約束をしたことを書くのはやめにした。可南子の頭の中がロマンスでいっぱいにならないように。

【まったく、頭が固いんだから。恋愛する気がないのはわかっているけど、男性と会うのは大事よ。そっちに住んでいるのなら、後腐れなく付き合えるじゃない】

送られてきたメッセージに、苦笑いを浮かべる。

そういう可南子は一年前に恋人と別れたっきりで、まだいないのに。

昨日はありえないミスをしてしまったが、有栖川さんのようないい人にキャリーケースを預かってもらったのは幸運だった。

白のトップスとジーンズに着替え、寒さ対策にワインレッドのジャケットを羽織りホテルのプランに入っている朝食ブッフェを食べに行く。

二階のレストランで朝食メニューを少しずつお皿にサーブして、おいしそうなクロワッサンを取ってテーブルに着くと、すぐにスタッフがやって来て飲み物を聞いてくれる。

ホットコーヒーを頼んで、食べながら手帳を開く。そこには事前に行きたい観光地を書き込んである。

ガイドブックとスマホを駆使して、交通機関と道を確認した。

朝食を済ませた後、一度部屋に戻ってから出かける準備をして、ホテルを出てテルミニ駅へ向かう。

まずはコロッセオと近くのフォロ・ロマーノへ訪れることにした。テルミニ駅から地下鉄で簡単に行けそうだ。

外国の地下鉄は久しぶりなので不安は否めないが、ガイドブックには事細かにチケットの買い方や乗り方がレクチャーされているので大丈夫だろう。

有栖川さんはスリに気をつけてって言ってたっけ。注意しなくちゃ。

いちおう、ジャケットの下に隠すようにしてショルダーバッグを斜めがけしている。

「わぁ……」

駅を出てすぐ目の前に現れたコロッセオの迫力に、思わず感嘆の声が漏れた。

歴史的建造物である円形闘技場は美しくて、スマホで何枚も写真を撮る。

各国の観光客が見に来ていて、チケット売り場は長蛇の列だ。フォロ・ロマーノにも入場できる共通のチケットは日本で購入していたので、並ばずにコロッセオの中へ歩を進めた。

かつて猛獣と剣闘士が戦ったという競技場は、床部分が崩れて地下がむき出しになっている。石造りの部屋のような場所が並んでいて、猛獣の檻《おり》や剣闘士などの待機場所だったらしい。

ずっとこの目で見てみたいと思っていた景色をゆっくり眺めているうちに、近くにいたガイドのいる観光客はいなくなり、また新しいツアーが来る。時間はたっぷりあるので、いたいだけいられるのは個人旅行のいいところだ。

もっと早く旅をすればよかったな……。

海外は大学二年生で交換留学生としてボストンで半年過ごしたのと、社会人になってからは長期休暇を取れずに近場の韓国《かんこく》や台湾《たいわん》、グアムなど一年に一度訪れただけだ。

ここ二年ほどは将来のために貯金をしていて、達也と付き合うようになって、そのうちにそれは結婚資金に変わった。

彼とのことは人生において勉強になった。ああいうふうに平然と浮気をする男性もいるのだと。

「本当にひどい男」

ふと我に返り、もう達也のことは忘れようと一笑に付して歩き出した。

会社を辞めてここに来られて、今は気分がすっきりしている。

コロッセオを出て、目と鼻の先のコンスタンティヌス帝の凱旋門へ向かう。

鉄柵があってそばには近づけないが、離れていても繊細な彫刻がわかる。パリの凱旋門はこれをモデルにしたらしい。

スリや物売りに気をつけながらフォロ・ロマーノへ足を運ぶ。ローマ帝国の最古の広場で、生活の中心地だった遺跡だ。

残された建造物や柱一本一本が見事で、ここでも時間をたっぷり取って見学した。

フォロ・ロマーノを出るとずいぶん時間が経っていた。

もう十四時だなんて……。

見学に夢中になってしまったが、気づけばおなかが鳴りそうなほど減っている。

地下鉄の駅に向かって歩を進めていると、数人の怪しげな女性ふたりが近づいてくる。もしかしてスリ？

至近距離にならないよう足早に女性たちを避ける。あの人たちがもしもスリなら、うかうかしていられない。

周りを見れば、それらしき女性や二、三人で固まっている若い男たちが結構いる。

フィレンツェはもっと治安がよければいいのだけれど。

身を引きしめて地下鉄に入り、券売機の前に立った。ここでもグルッと辺りを見回してしまう。

疑心暗鬼になっているが、少額でも取られたら嫌な気持ちになるから、本当に気をつけなきゃ。

電車に乗って数分でテルミニ駅に到着し、どこかカジュアルに食べられそうな店はないか見回す。

昨日の量り売りのピザはおいしかったけれど、二日連続で食べるのも……。

そのときリストランテがあるのに気づき、入ってみることにした。

地元民らしき人が数組食事をしており、愛想のいいスタッフに壁側の四人掛けのテーブルに案内される。

外観からとくにお高いリストランテには見えなかったが、メニューを見てパスタやピザの料理の値段はリーズナブルでホッとする。

ホットコーヒーとトマトソースのパスタを頼み、スマホでたくさん撮った写真を見ているうちに料理とホットコーヒーが出てきた。

味は私には濃すぎてそれほどおいしいと思えなかった。

ホテルから近いけれど、もうここには来ないと考えながら会計をお願いする。

店員が持ってきたレシートを見て、え？と一瞬目を疑った。

ホットコーヒーとパスタの値段がメニューで見たときよりも五ユーロずつ高く、テーブルチャージが五十ユーロとあった。

スマホの計算機で計算してみると、考えていた料金よりも日本円で言うと一万円近く高い。

これって、ぼったくり……？

知識がないのではっきり言いきれない。払えなくはないが気になる。

「すみません」

英語で男性店員を呼ぶと、テーブルの隣に来た。

「テーブルチャージの値段はどのリストランテも一緒なんですか？　着席する前に言ってほしかったのですが」

英語で伝えると、男性店員は肩をすくめて首をかしげる。

言葉がわからないふりをしているの？

「英語がわかる人を呼んでください」

身振り手振りで伝えようとするが、手でレシートを示して手を差し出される。

どうしよう……。払わなければここを出られないし、高級リストランテじゃないのに、こんな金額は納得できない……。

けれどここは、勉強したと思って支払いを済ませようか。

そのとき、テーブルの上のスマホが鳴った。画面には昨日名前を登録した有栖川さんの文字が表示されている。

こんなことは日常茶飯事なのか聞いてからにしよう。

「ちょっと待っててください」

通じていないのかもしれないが、ジェスチャーと英語で言ってスマホの通話をタップした。

「もしもし、岬です」

《有栖川です。不安そうな声だが、大丈夫?》

そんな声になっていたのだろうか。鋭い有栖川さんにびっくりする。

「あの、聞いていいですか?」

《どうぞ?》

「今、テルミニ駅近くのリストランテで食事をしたのですが、テーブルチャージ代とオーダーしたときのメニューの料金がアップされて、合計一万円近く高くて。これは普通なのでしょうか?」

《いや、違う。店の名前は?》

リストランテの名前を口にすると、有栖川さんはいったんこの電話を切ると言い、突如通話が終わってしまった。

え……。

リストランテの奥の方でしわがれた女性の声が聞こえ、男性店員が行ってしまった。

いったん電話を切るって、どういうこと……？

よくわからないが、辛酸をなめて勉強になったと思えばいいのだ。これから気をつけよう。

ユーロをテーブルの上に置いたところへ、年配の女性が慌ててやって来た。そして、レシートをテーブルへ置く。

「お嬢さん、こちらでお願いします」

英語で話す声はしわがれているので、先ほど聞こえた声の持ち主なのだろう。

レシートを見ると、ホットコーヒーとトマトパスタだけの料金で、しかもメニューで見た通りの金額だった。

「ごめんなさいねぇ、従業員が間違ったのよ」

なぜ突然請求金額が変わったのか。

もしかして有栖川さんが？

やはりぼったくりだったのだと、憤慨しながらユーロで払い、店を出たところで電話が鳴った。有栖川さんだ。

「岬です」

《無事に支払って店を出た？》

「はい。どういうことか……有栖川さんが？」

《店に電話をかけただけだ。それより今日の約束だが、八時でどうだろうか？》

「もちろんです。あの、ありがとうございました」

《ああ。では、ホテルロビーに八時で》

そう言って、また通話が切れた。

ホテルの部屋に戻って、ジャケットを脱ぎショルダーバッグをベッドの上に置くとその隣に腰を下ろす。

初日なのに、どっと疲れてしまった。勉強になったけれど……。

有栖川さんには面倒をかけてばかりいる。

でも、彼がリストランテに電話をしたからって、店側はどうしてすんなりと訂正したのだろう。

ベッドに仰向けで倒れ、両手を上げる。

「んー、疲れた」

独り言ちてから腕時計を見やる。十六時を回ったところで、まだ約束まで時間はたっぷりある。

たくさん歩いたし、冷や汗もかいたからお風呂にゆっくり入ってワンピースに着替えよう。

入浴後、二枚だけ持ってきたワンピースをベッドに広げ、どちらにしようか迷う。ベージュに花柄の長袖にチュールが施してあるワンピースと、色味が華やかなペールブルー一色のワンピース。どちらにしても着飾った感があるように見える二着だ。

意気込んで来たと思われたくなくて、脳裏にジーンズがよぎる。

でも、店によってはドレスコードも考えなくてはならないし……。ペールブルーのワンピにしよう。

着替えと軽くメイクをし、髪の毛をうしろでひとつに結び、ところどころ指で髪をつまんで引き出す。かっちりした雰囲気ではなく、ゆるくひとつに結んだ感が出るようにした。

薄手の黒のコートを羽織り、約束の時間の十分前に部屋を出てロビーに下りる。

小さめのバッグはコートの中。有栖川さんがいるといっても、注意は必要だ。

緊張感に襲われ、心臓がドキドキしてきた。

狭いロビーなので、もし先に到着していた場合はすぐわかるだろう。ぐるりと見渡してみて、まだ有栖川さんの姿はない。

よかった。気持ちを落ち着ける数分が欲しかったから。

ふぅと何度か呼吸を整えたところで、ドアマンが立つガラスのドアが開き、有栖川さんが入ってきた。

体にフィットしたネイビーのジャケットにグレーの細身のスラックス姿で、記憶にあるよりもさらに破壊力のあるイケメンだ。

落ち着いた鼓動が再びドクンドクンと暴れ始める。

男性にこりたんだから、有栖川さんの容姿だけで惹かれちゃだめ。

自分に言い聞かせたところで、目の前で彼が立ち止まる。

ホテルに入ってきたときは真顔だったのに、正面に立った有栖川さんは口もとを緩ませた。

「すまない。待たせたね」

「いいえ。約束までまだ五分あります。私はここに泊まっているんですから早く来るのは当然のことです。先ほどはありがとうございました」

助けてくれたお礼を口にして頭を下げる。

「君は真面目な人なんだな。ぼったくられずに済んで幸いだった」

有栖川さんの麗しい笑みに、再びドキッと心臓が跳ねる。

この反応は、あまりにも彼がイケメンだからだ。

「じゃ、じゃあ、食事へ行きましょう。お勧めのリストランテはありますか？　どんなところでも今夜は私が持つので、遠慮なくお好きなものをどうぞ」

コートの中のバッグをポンポンと叩《たた》き、食事をご馳走するスタンスを全面的に出して、にっこり笑みを向ける。

「歩いて五分くらいのところにうまいリストランテがある。行こうか」

「はい」

有栖川さんとともにホテルを出るが、彼は私をエスコートするように隣で歩く。

こんな時間にひとりだったら絶対に歩けないので、有栖川さんに守られているような気がして怖さは感じない。

今日観光したコロッセオの話をしているうちに、路面にあるイタリアンのリストランテに到着した。

小さな店で、ごく自然にドアを押さえた彼は私を先に入店させる。その紳士的なマナーに感心した。

有栖川さんは女性慣れしているし、彼を見かけたとき有能なビジネスマンに見えたが、なんの仕事をしているのだろうと少し気になってくる。

「Benvenuto. Buonasera. Signor Arisugawa, ti stavo aspettando」（いらっしゃいませ。こんばんは。有栖川さん、待っていたのよ）

年配の女性が笑顔で有栖川さんにごく普通の速さで話しかけて抱き合い、彼もにこやかに女性と会話をする。挨拶くらいはわかるけれど、その後はなにを言っているのかわからない。ふたりは笑い、女性は首を左右に振って肩をすくめる。そして、私の方へ顔を向けてにっこりしてイタリア語で弾丸のように話しかけてくる。

「あのリストランテの話をしたんだ。彼女は君に同情して、うちでの料理を楽しんでと言っている。彼女はここの店主だ」

有栖川さんの通訳に、大きくうなずく。

「Grazie」

ありがとうと、わかるイタリア語で女性店員に言うと、彼女は破顔して窓側の四人掛けのテーブルに案内してくれた。

店内を見回すとテーブルは八卓しかなく、すべてお客様で埋まっている。

「よく来られるんですね」

ブラウン系でまとめられたインテリアで居心地がよさそうだ。女性店主との仲のよさそうな雰囲気からそうであろうと思った。

「週に一度くらいだ。外食ばかりでここの料理に救われている。厨房《ちゅうぼう》でご主人と息子さんが作り、彼女が接客を」

「そうだったんですね」

週に一度来るほどで、お勧めのリストランテであれば期待大だ。

「今日は私が支払いますから、なんでも頼んでくださいね」

ひと言伝えておけば、有栖川さんも頼みやすくなるだろう。

気を使ってそう言ったのに、彼は口もとを緩ませておかしそうにしている。

今にも噴き出しそうな有栖川さんにキョトンとなって見ていると、彼が口を開く。

「君は相手の気持ちを思いやれる誠実な人なんだろうな」

「え？」

「俺がどんなものでも選べるように念を押しているんだろう？」

「ま……まあ、そんなところです。あ、飲み物は？　アルコール飲めますよね？」

こんなふうに私の気持ちを読み取る人は今までいなかった。間山さんでさえも。

照れくさくなって、有栖川さんから差し出されたメニューへ視線を落とした。

「ランチはパスタを食べたと言っていたよな？　ここのパスタは最高においしいが、

ほかの料理もお勧めだ。料理に合わせたグラスワインを飲もうか?」

「はいっ、飲みましょう」

料理に合わせたグラスワインだなんて、食通でおしゃれだなと思う。

メニューに書かれてある金額はどれもリーズナブルだ。

「食物アレルギーはある?」

「ないです。有栖川さんのお勧めの料理はどれですか?」

そう言って、彼にお勧めの料理を選んでもらった。

オーダーは有栖川さんがしてくれて、イタリア語は淀《よど》みなくまるで母国語のような発音だった。

「すごいですね。イタリア語がペラペラなんですね」

「こっちでは英語よりもやはりイタリア語の方が通じるからね」

通じるからねって言われても、そう簡単に習得できるものではないと思う。

整った顔立ちは外国人にも見えるので、もしかしたらハーフとか……?

にこやかに笑みを浮かべた女性店主が、白ワインのグラスとムール貝のワイン蒸しを運んできた。生ハムがたっぷりのったサラダもあって、とてもおいしそうだ。

「乾杯しよう。思いがけない出会いに」

彼はグラスを軽く掲げて乾杯の仕草をする。

「有栖川さん、あらためて……ご迷惑をおかけして申し訳ありませんでした」

グラスを持つ前に、頭を下げた。

「何度謝れば気が済むんだ？　すぐに交換できたし、俺はなんとも思っていない」

「有栖川さんがなんとも思っていなくても、あんなミスをした自分が許せないんです。思い出すだけで顔から火が出る思いです。それと、ぼったくられずに助かりました」

「君は完璧主義者なのか？　間違いを犯さない人間なんてほんのひと握りだ。もう忘れてくれ。さあ、グラスを持って。乾杯しよう」

久しぶりに心温まる言葉を人からかけられた気がして、心が軽くなった。

「はいっ」

グラスを持って少し掲げて乾杯して、薄いレモンイエローの液体を喉に通す。

「岬さんはローマには数日の観光でと言っていたが、ひとりで旅行に？」

彼はそう尋ねながら、ふたつのお皿に生ハムのサラダとムール貝を取り分けている。

「フィレンツェのバリスタの学校に二カ月間勉強しに来たんです。学校は十月二日からで。大学を出てから四年半勤めた会社を辞めたばかりなんです」

有栖川さんは聞き上手なので、なんでも話してしまいたくなる。

「人生は一度きりだ。許される範囲ならやりたいことをするべきだと思う。温かいうちに食べて」

料理を取り分けたお皿が目の前に置かれる。

「ありがとうございます。いただきます……それで、ここでの勉強が終了したら、東京でカフェを開きたいと思っているんです」

生ハムのサラダを食べて、とてもおいしいと感じた。白ワインとの相性もよくて、すぐに半分ほどの量になる。

達也と別れてから今に至るまで、考えたり決断したりすることが多くて、こんなにもゆっくりと食事を楽しむ余裕がなかった気がする。

「おいしいです。ムール貝も食べてみますね」

貝殻から身をはずして口に入れる。これも今まで食べたムール貝よりもやわらかくて舌鼓《したつづみ》を打つ。

「ここのリストランテに連れてきてくださってありがとうございます。この二品だけで最高においしいお店なんだとわかりました」

「どういたしまして」

彼も白ワインのグラスに口をつける。その姿からは気品さえ感じられる。

「有栖川さんと同じ飛行機だったんですよね？」

根掘り葉掘り聞くつもりはないので、これならあたり障りない話題だろう。

「所用で帰国して戻ってきたところだったんだ」

「ローマで働いているなんて、国際的なんですね。尊敬します」

「君も二カ月間こっちで勉強をするんだから、すごいよ」

褒められてくすぐったく、慌てて首を左右に振る。

「私が取ったのは英語で行われる授業ですし……」

「だが、思いきった行動だ。二カ月もいれば慣れるよ。そういえば、さっき四年半会社勤めだったと言ったよな。まさか二十六、七歳？　女性に年を聞くのも失礼だが」

そう尋ねてから有栖川さんはムール貝を貝殻からはずす。

「はい、二十七歳です。あ！　年だと思ったんじゃないですか？」

有栖川さんが端整な顔に苦笑いを浮かべる。

「そんなことは思っていないよ。かわいいし、本当に二十七？と思ったくらいだ。二カ月間日本を離れるとなると、恋人が寂しい思いをするんじゃないかともね」

「実は婚約していましたが、彼の浮気で別れたんです。同じ会社でした。だから、人生を変えるために行動を」

達也とのことを思い出してしまったのを払拭するように、残っていた半分ほどの白ワインを飲むと、有栖川さんは店員にお代わりを頼む。

「浮気か。ひどい男だったんだな」

「はい。最低な男でした。男を見る目がなかったんですね。もう恋愛はこりごりです。ところで、有栖川さんはおいくつなんですか？　私の年齢をあてた罰ですよ」

「罰というほどのものでもないだろう。三十三だ」

「三十三？　有栖川さんこそだいぶお若く見えますね。もしかして職業は国際的なモデルとかでしょうか？」

駐在と言っていたのでビジネスマンだと思うけれど、アルコールも手伝って初対面の緊張感はなくなり、からかう余裕も出てきた。

でも、あながち間違っていなそう……パリコレなどに出ているモデルだと言われてもうなずける。

すると、有栖川さんはおかしそうに笑う。

「国際的なモデルとは縁遠いな。俺は防衛駐在官をしているんだ」

聞きなれない言葉にキョトンとなる。

「防衛駐在官……？　初めて聞きました。なんとなく物騒な感じを受けますが……」

「たしかになじみのない言葉だな。防衛省から外務省へ出向して、大使館の職務に就いている。防衛に関する分野を担う外交官なんだ」

「大使館に……」

あ……だから、あのぼったくりのリストランテがすぐに手のひらを返した？

有栖川さんはポケットからカードケースを出して、私に名刺を渡す。

受け取って名刺を見ているところへ、白ワインのグラスがふたつ運ばれてきた。

「あのリストランテについて、日本人観光客からの通報がたびたびあると聞いてね。今日はタイミングがよかった」

「本当に助かりました。腹立たしいけれど、支払って店を出ようかとも思って」

「さっき彼女と話をしたが、あのリストランテは組合にも入らないし、観光客に大金を吹っかけるから評判が悪いと言っていた」

彼女とはここの女性店主のことだ。

「ここからさほど離れていないですものね。どのリストランテも同じことをしていると思われますし」

「ああ。だが、そういった店が多いのも事実なんだ」

生ハムのサラダとムール貝のお皿が空になったところで、手長えびのリゾットがそれぞれの前に置かれた。

「これもコクがあって俺の好きな料理だが、どうかな？」

手長えびがのった黄金色に輝いているように見えるリゾットだ。

白ワインから赤ワインに代わり、おいしそうに焼けたステーキも運ばれてきた。

どれも料理は極上で、有栖川さんとの会話は楽しく、ついグラスに手が伸びる。彼はお酒に強いようで、顔色も話し方もまったく変わらない。

私もそれほど弱くないので、自分の許容範囲で付き合おうと思う。

「カフェを開きたいのは？　コーヒーが好きとか？」

「コーヒーは大好きです。紅茶よりもコーヒー派で。働いていた会社がコーヒーを取り扱う会社でした。仕事で自然と産地の特色や味わいなどを覚えたので、おいしいコーヒーをお客様に提供できるのではないかと思ったんです。あと、カフェ巡りも好きです」

「俺もコーヒーの方が好きだな」

有栖川さんもコーヒー派だと知って笑みを深める。

「一番の理由は、この先ひとりで生活をするにあたって、しっかり基盤をつくりたいからです」

「この先ひとりで生活?」

彼は片方の眉を上げて不思議そうに見やる。

「はい。婚約者に裏切られて男性不信というか……そんな人ばかりではないとはわかっていますが、好きな人ができても結婚したいと思えないかもと……。今はカフェを開くのが第一目標なんです」

「よほど傷ついたんだな」

「有栖川さんはご結婚されていないと言っていましたが、恋人はいらっしゃるのではないでしょうか? 私と食事しても怒られないか、今になって心配になってきました」

浮気されて婚約破棄した身では、恋人の気持ちはわかるし、誤解を招きたくない。

でも彼に恋人がいたと想像すると、胸になにか突っかかるものがある。

今後関わりのある人じゃないのに……。

小さく首を左右に振って、赤みが綺麗なステーキを頬張る。赤ワインのソースだろうか、とてもおいしい。

有栖川さんはグラスを空にしてからふっと笑みを浮かべる。

「あ、もっと飲んでくださいね」

女性店主へと目線を向けて手を上げる。すぐにテーブルへやって来て、彼は赤ワインのグラスをふたつ頼む。

「君は酒に強いんだな」

「それほどでも。ちょっと酔っています。それよりも有栖川さん、話を逸らしませんでしたか？」

すると、有栖川さんはおかしそうに声を出して笑う。

「岬さんが逸らしたんだろう？　答えようとしたら、お代わりを頼んだ」

「んー、そうでした。ちゃんと答えてくださいね」

「恋人はいない。俺も君と同じようなものだな。仕事が充実しているし、結婚して家族になったら、俺の仕事のせいで迷惑をかけるからな。とくに家族が欲しいとは思っていない」

有栖川さんに恋人はいないと知って、一瞬うれしいと思ってしまった。

男性なんてこりごりのはずなのに……。

「では、お互い独身貴族ですね。あ、もうそんな言い方はしないのでしょうか」

ふと思い浮かんだ〝独身貴族〟に笑い、運ばれてきた赤ワインがたっぷり入ったグラスを口にした。

「どうだろうか……ところで、今日はコロッセオ周辺を観光したと言っていたが、あの辺もスリが多い。大丈夫だった？」

「数人の怪しげな女性が近づいてきたので、急ぎ足で逃げました」

「賢明な判断だ。子どものスリも多い。十分に注意して」

スッと表情が鋭くなった。

仕事中の有栖川さんはこんなふうに気が抜けないのかもしれない。

「はい。有栖川さんはスリに遭ったことはないんですか？」

「もちろん。何度も遭いそうになるが、その都度回避している」

そこへカルボナーラパスタがテーブルに置かれ、女性店主は有栖川さんになにか話をしていて、私ににはにっこり笑って去っていく。

「当店自慢のパスタだからと君に伝えてほしいと」

もうおなかがいっぱいというところまできているが、とてもおいしそうでまだ食べたくなる。

取り分けたカルボナーラパスタをいただき、モチモチした麺と濃厚な味わいにまたここを訪れたいと思った。

食事が終わり腕時計へ視線を落とすと、二十三時になろうとしている。

「こんなに経っていたなんて……はぁ～素敵なリストランテでした。おいしかった」

「気に入ってもらえてよかった。そろそろ出ようか。送っていく」

「すみません。ありがとうございます」

有栖川さんが女性店主に会計を伝え、椅子から立ち上がった。私も席を立ってコートを着る。

彼は私の支度が済むのを待ってレジへ向かう。

バッグからお財布を出したところで、有栖川さんがすでに女性店主にカードを渡している。

「あ！　だめです！　私がご馳走する約束です」

手を伸ばして止めようとしたが、すでに女性店主の手にカードは渡ってしまい、彼女は不思議そうな顔をして有栖川さんになにか話す。

有栖川さんは笑って、イタリア語とジェスチャーで会計するように言っている様子。

お店を出てから話そうと決めて、会計を終わらせた女性店主に伝えてもらえるように彼に言う。

「とてもおいしかったですと、言ってくださいますか？」

「もちろん」

有栖川さんは女性店主に私の言葉を伝えた瞬間、彼女はうれしそうに破顔して両手を広げ軽く私を抱きしめた。

そうされたことに驚きを隠せないが、地元の人と触れ合えたみたいでうれしい。

店の外まで女性店主は見送ってくれ、私たちは歩き始めた。

「有栖川さん、おいくらでしたか？　全額払わせていただけないのなら、せめて半分だけでも払わせてください」

すでに遅い時間なので、人がほとんど歩いていない。

だが、有栖川さんが一緒なので少しも怖いと感じない。

「店主が女性に払わせたと知ったら叱られるだろうな。もともと出してもらう気はなかったし、楽しませてもらったお礼だ」

「お礼だなんて、私の方がいろいろ助けていただいているのに……」

そんなつもりだったなんて……。

「困ります。払わせてください」

「明日はどこへ行く予定？」

「え……」

突如話を変えられてしまい、あっけに取られる。

「バチカン市国へ行こうかと……有栖川さんっ、払わせてください」

「明日の休日が暇だから、君の観光に付き合わせてくれないか？」

私の観光に付き合ってくれる……？

「それはもちろんです！　私の方からお願いしたいくらいです。でも話を逸らさないでください」

有栖川さんは口もとを緩ませる。

「たいした金額ではないんだ。気にしないでくれ。明日は何時に？」

「十時には出たいかなと」

どうしてもはぐらかされてしまい、有栖川さんは女性にお金を払わせない人なのかもしれない。

「わかった。ロビーで待ち合わせをしよう」

会話をしているうちにホテルへと到着した。

「それでは明日は私に支払わせてくださいね。今日はごちそうさまでした」

ホテルのガラスのドアを通り、ロビーに入ったところで有栖川さんは「じゃあ、おやすみ」と立ち去ろうとする。

「おやすみなさい。明日、楽しみにしています」

本当の気持ちだ。

ふっと笑みを漏らす有栖川さんに、両手を振ってその場で見送った。

ワインをたくさん飲んだので、部屋に戻ってからずっとふわふわした気持ちだった。

「有栖川さん、素敵な男性だったな」

防衛省から外務省に出向して、ここで防衛駐在官をしているくらいなのだからエリートなのだろう。しかも紳士的で……。

キャリーケースのことや、ランチのリストランテ、今夜の食事でもそう感じた。

明日、こっちに詳しい有栖川さんに案内してもらえるのならとても心強い。

「早く寝なきゃね」

ベッドサイドにある時計は二十三時三十分を過ぎている。浮かれた気持ちのままバスルームへと向かった。

二、極上な案内人

ジーンズをはき、ほぼ昨日の昼間と変わらない服装でロビーに下りた。変わったのはワインレッドのジャケットの下の黒いカットソーくらい。

胸もとと袖にチュール生地が施されたフェミニンなカットソーで、お気に入りの一着だ。

ロビーに下りてドアの方へ歩を進めたとき、有栖川さんが現れた。ゆったりとした歩幅で、昨日とは違うダークグリーンのジャケットと長い脚を際立たせるジーンズをはいている。

やっぱりモデルみたいにバランスの取れた体躯よね。

現地の男性と引けを取らない高身長と美麗なマスクで、こちらの女性に声をかけられるのではないかと思う。

「有栖川さん、おはようございます。昨晩はごちそうさまでした。とても楽しい夜でした」

「こちらこそ楽しかったよ。行こうか」

「はいっ、よろしくお願いします」

　ホテルを出て、テルミニ駅に向かう。

「すまない。車で案内したいところだが、あいにくこっちでは地下鉄かタクシー移動なんだ」

「全然かまいません。そんなふうに考えないでください。有栖川さんがいてくださるだけで心強いんですから」

「心強いか。では危ない目に遭わないようにボディガードも務めさせてもらうよ」

「ふふっ、お願いしますっ」

　ローマ滞在がこんなに楽しいものになるとは思ってもみなかった。

　オッタヴィアーノ駅に到着し、世界一小さな国と言われるバチカン市国へ足を運ぶ。

「何度も来られていますか？」

「知り合いがやって来たときに案内する程度だよ」

　バチカン市国のサン・ピエトロ広場に一歩足を踏み入れた。

　観光客がたくさんいる。カトリックの総本山のサン・ピエトロ大聖堂が目的だろう。

「天気もいいし、上に登って景色を見てみる？」

「行きたいです！」

なんでも見て、やってみたい心境だ。

「階段なんだが、大丈夫か？」

大丈夫かと懸念されると不安になり、首を軽くかしげる。

「何段くらいですか？」

「五百段ちょっとだったか、いや、五百五十……まあそれくらいだ」

そう聞いて、え？と、一瞬言葉を失う。

「ご、五百段ちょっと……？　む、無理です」

東京のシンボルタワーが約六百段だと、以前運動好きの同僚が話していたのを思い出す。

首を横に振る私に、有栖川さんが楽しそうに笑う。

「やっぱり階段はきついよな。大丈夫。エレベーターもあるから」

そう聞いて、ホッと胸をなで下ろす。

「まあ、エレベーターを使ったとしても三百二十段は上らなくちゃならないが」

「ええ！　最初にそれ言ってくださいよ。からかったんですね」

笑いながら責める。

「まあな。岬さんのおもしろい顔が見られた」

からかう有栖川さんに、ぐうの音も出ない。

「も、もう……。早く行きましょう。あ、今日の観光にかかるお金は私が出しますからね」

「それでは男がすたるな」

「男がすたるって、そんなことないです。私たちは恋人同士でもないんですから」

「俺が出したからって、岬さんをホテルに連れ込んでどうこうしようとなんて思っていないから安心して」

ホテルに連れ込んで、どうこうしようって……。

有栖川さんとキスしているシーンが突如として脳裏に浮かんで、プルプルと頭を左右に振る。

「そんなこと一ミリも思っていませんから」

でも、彼にキスをされたらどんな気分になるのだろうと、ふと思ってしまった。

男はこりごりって言っていたくせに。

自身を諌《いさ》めていると、不思議そうな顔で見られた。

「どうした？　議論していると時間の無駄だぞ。行こう」

有栖川さんはチケットを購入して、エレベーターの方へ私を促した。

エレベーターに乗ってから階段を三百二十段上って、息も絶え絶えに到着した先に、ローマとバチカンの素晴らしい景色が目に飛び込んできた。絶景にため息が漏れる。

スマホを出して三百六十度見渡せ、いろいろな場所から景色を撮る。

「貸して。撮ってあげよう」

差し出された有栖川さんの手にスマホを渡して、よさげなところへ進んで振り返る。

「いいね。だが、この場所からだと空と岬さんしか写らないな」

そう言って有栖川さんが近づいてくる。

「ち、近いです」

「遠いとローマの街並みが撮れない。ほら、笑って」

仕方なく笑みを浮かべて写してもらった。

写真を撮り終えると、手渡されたスマホをショルダーバッグにしまう。

「向こうがテルミニ駅だ。あっちがコロッセオ」

有栖川さんが街を指さして教えてくれる。

「高層ビルがないので、タイムスリップしたみたいな風景ですね。ホント、素敵です」

たっぷり堪能したのち、下へ行きサン・ピエトロ大聖堂の中へ入り、装飾や有名な彫刻に目を奪われる。

その後バチカン美術館へ赴き、気づけば十三時半近くになっていた。

有栖川さんのお勧めのピザ店で、二種類のピザを分け合いながらいただき、食後はサンタンジェロ城へ向かった。

天使の像が十体ある橋の向こうに、堂々とした円筒形の城が目に入る。美しくて、青空に映えていた。

「街の中にお城があるなんて、目の保養になりますね」

天使の像の下に立って、サンタンジェロ城を眺める。

「そうだな。外国へは学生の頃からいろいろと行ったが、ここはすぐに歴史に触れられて好きな国だ」

「私はずっと行きたいと思っていた国です。でも、学生の頃はお金もないので近場しか行けなくて、社会人になってからは長いお休みがなかったので、なかなか来られませんでした」

「じゃあ今、たっぷり堪能しないとな」

うなずきながら笑みを深めたとき、突として彼の片手が肩に回って引き寄せられた。

その後に、楽しそうなツアー客の集団が過ぎ去っていく。

「すまない。ぶつかりそうだったんで」

「い、いいえ」

有栖川さんから一歩離れるが、鼓動がドキドキ暴れ始めてしまってぎこちない笑みになる。

びっくりした……。

不覚にも高鳴らせてしまった胸を落ち着かせていると、ふいに有栖川さんがポケットからスマホを取り出して、イタリア語で電話に出た。

なんの話かまったくわからないが、彼の顔が憂鬱そうになっている。

通話を終わらせた有栖川さんが私を見やる。

「緊急の仕事が入ったんだ。すまない。大使館へ行かなければならなくて」

謝る有栖川さんに気を使わせてしまい、私の方が申し訳なくなる。

「はい。ありがとうございました。もう五時ですし、私もホテルに戻ります」

「それなら送ろう」

「いいえ。大丈夫ですから、すぐにお仕事へ行ってください」

「大使館はホテルからそう離れていないから。では、行こうか」

有栖川さんは私を促し、つかまえたタクシーの後部座席に座らせて、彼も隣に乗り込んだ。

解散するのが名残惜しくて寂しく感じていたら、彼に明日もどうかと提案された。

「いいんですか？」

ここに住んでいる彼には観光地巡りなんてつまらないのではないだろうか。

「気が進まなければ誘わないよ」

「……でも、お仕事があれば無理をしないでください」

「ありがとう。おそらく問題ないはずだから。行けない場合は早めに電話をする」

「うれしいです。本当にありがとうございます。有栖川さんのおかげで、サクサク観光や食事ができて楽しいです」

「岬さんはなんでも感動してくれるから、俺もローマを再度楽しめている気がする」

よかった……。

案内すると言った手前仕方なく付き合っている、というわけではなさそうなのでホッとする。

話をしているうちに、タクシーはホテルの前に到着した。

走り去っていくタクシーを見送って、ホテルに入ろうと思ったが方向を変え、近くにある気になっていたスイーツ店へと向かう。

コロネのようなパイ生地にクリームの入ったお菓子を買って、部屋へ戻った。

ランチが遅かったのでまだおなかは空いていないが、後でデザートタイムにしよう。

「ん！　今日もたくさん歩いたし、楽しかったわ」

荷物をテーブルの上に置いて、両手を天井に向けて伸びをして、そのまま左右に体を何度か倒す運動をする。

「私はこれからゆっくりできるけど、有栖川さんは仕事だから大変だろうな。明日来られるかしら……」

今日が木曜日、土曜日のお昼にローマを離れフィレンツェへ飛ぶ。有栖川さんと会えるのは明日が最後だ。そう考えると、寂しい気持ちに駆られた。

フィレンツェからローマまでは直通の列車で一時間半ほど。週末に来られなくもない……けれど、有栖川さんが私と会いたいと思わなければ来ることもできない。

「やだ、私ったら。帰国したらカフェをオープンさせるのに。有栖川さんが素敵な人でそばにいると居心地がいいから、そんなふうに考えちゃうのよ」

明日、会えたなら思う存分楽しもう。そうしたら、ローマのいい思い出を持ってフィレンツェへ行き、バリスタの勉強をがんばらなくては。

翌朝の八時過ぎ。ホテルのレストランで朝食を食べながら、テーブルの上に置いたスマホが鳴らないか気になっている。

来られないようであれば早めに連絡するって言っていたから、大丈夫なのかな……。

昨日も入場料や食事代を有栖川さんが出してくれちゃったから、今日は絶対に私が払わなきゃ。もし受け取ってくれなかったら、なにかプレゼントしよう。

朝食を終えて部屋に戻り、まだ十時まで一時間以上あるのに気持ちが落ち着かない。

達也は出かける約束をしても遅れてくることが多かったので、あの頃も落ち着かない気持ちで待つことが多かった。ドタキャンされたのも一度や二度じゃない。

今思えばとてもいい加減な人だったと思う。そう考えたら、婚約破棄してよかったのだ。彼が浮気をする、しないにかかわらず、いずれは別れていたかもしれない。

とはいえ浮気されるなんて、私は彼女より女性の魅力に欠けていたのかな。岡島さんのやわらかい雰囲気と私とでは……やめよう。自分に魅力がないのだと、落ち込みそうだ。なんでこんなこと考えているんだろう。

「さてと、出かける準備をしなきゃね」

考えを払拭したくて独り言ちると、メイクポーチを手にした。

約束した時間の十分前に部屋を出て、ロビーへ下りる。

来れないという連絡はなかったし、来てくれているわよね……。

不安になりつつ、エレベーターを降りてロビーへ歩を進める。

まだ十時前なので有栖川さんの姿が見えないのはもっともだが、もしかしたら来られないのかもと、小さくため息をつく。

でも、嘘《うそ》をつく人ではない、誠実な人だと思う。表に出て待っていようかな。

ガラスドアに歩を進めたとき——。

「俺を待たずにひとりで行くのか？」

背後から有栖川さんのからかうような声がした。

「えっ！」

振り返ると、口もとを緩ませた有栖川さんが真うしろに立っていた。

「おはよう。俺を置いていく気？」

「そ、そうじゃなくて、外に出て待っていようかなと思ったんです。おはようございます！」

今朝来られないかもしれないと思案していたので、彼の姿に気持ちが弾んでくる。

「もしかして隠れていましたか？」

笑いながら尋ねる私に、有栖川さんはすんなり「ああ」と答えた。

「人が悪いですよ。今日は来られないかもと思っていたところだったので」

「なぜ来ないと思ったんだ？　仕事の場合は連絡すると言っただろうに」

「……そうですよね」

そっか……達也は約束を破ってばかりいたから、有栖川さんもそうなのかもしれないと考えたのだ。

「表情が曇ったな。元婚約者のことでも考えた？」

この人はなんて鋭いのだろう。

じろりと見やってから、破顔する。

「勝手に私の頭の中を覗《のぞ》かないでくださいっ」

有栖川さんもおかしそうに笑う。

「超能力者でもあるまいし、そんなことはできるはずない」

「いいえ。有栖川さんは超能力者ですよ。私の考えていることをあてましたから」

自信満々に言いきる私に、彼は肩をすくめる。

「それは君がわかりやすいからだ。人の考えていることがわかる超能力者だったら、人生楽しいだろうな。さてと、行こうか。今日はどこに？」

「あ、トレビの泉とかスペイン広場とか、真実の口などを観光したいと思っています」

「鉄板コースだな。では、地下鉄に乗ろう。すぐだ」

「はいっ。今日もお願いします」

スペイン広場などは古い有名な映画に登場するし、テレビなんかで映っていた場合にも心躍る場所なので、今日の服はジーンズではなくベージュのワンピースにした。花柄の長袖にチュールが施してあるかわいいデザインが気に入っている。

映画のヒロインを真似るわけではないけれど、スカートにしたかったのだ。足もとはフラットに、ベージュのバレエシューズを合わせた。

一昨日《おととい》も昨日も暑かったのでコートはいらなさそうだけれど、防犯の面ではあった方がいいと思って、黒のコートを羽織っている。

有栖川さんはグレーの薄手のブルゾンとジーンズで、カジュアルだけれど品があるように見えてかっこいい。

スペイン広場はたくさんの人で賑《にぎ》わっていた。

階段で座ったりジェラートを食べたりするのはローマ市の条例でできなくなったので、観光客は皆写真を撮ってサッといなくなる。

「映画を観ていたから、ここでジェラートを食べたいなと思っていたのですが」

「ああ、残念だな。ジェラートを食べたいなら案内するよ」

「食べたいです。今日は暑いですからおいしく食べられますね」

半袖やノースリーブの人々がいて、真夏みたいな雰囲気だ。

「あ、階段の横でジェラート売っています」

二十人くらいが列になって並んでいる。

「もう少し先にもある。そっちへ行こう」

「そうなんですね」

有栖川さんに案内されて歩を進め、路地を入ったところにかわいらしいジェラート店があった。ここは先ほどの店よりも並んでいないが、五人ほど待っている。

「この店の方が地元の人たちに人気があるんだ」

「おいしそう……」

買い終えた男女がジェラートをなめながら去っていくのを見て、思わずつぶやいてしまうと、有栖川さんがおかしそうに笑う。

「本当に二十七歳？　十七歳みたいだな」

「じゅ、十七って、びっくりします。でも人の食べているところを見てつぶやいちゃうなんて、子どもっぽかったですね」

「いや、正直でいいんじゃないか？　かわいかったよ」

かわいい……。

頬に熱が集まってくる。

「からかわないでください」

恥ずかしくなって有栖川さんから視線を逸らした。

そんな私を順番がくるまで彼は笑っていた。

ヘーゼルナッツ味とピスタチオ味の二種類のジェラートに決め、有栖川さんは爽やかなレモン味のリモーネにした。

ここでも彼が支払いを済ませてしまう。

私がユーロを持って待ち構え、店員に差し出しても、有栖川さんがイタリア語でなにかを言って自分のお金で支払うのだ。

「有栖川さん、ジェラート代くらい出させてください」

「気にしないでくれ」

そう言われても……。やっぱりプレゼントでお返しするしかないのかな。

「……ありがとうございます。ごちそうさまです」

お礼を言ってヘーゼルナッツの方をペロッとなめてみる。

香ばしい風味と甘さが口の中に広がっておいしい。

「有栖川さんはもしかして甘いものが苦手なんですか？」

「そんなことはないよ。今日は暑いからリモーネが食べたいと思っただけだよ」

「爽やかでおいしそうですね」

さすがに恋人同士ではないので、味見をすることなくジェラートを食べるが、さっきから上着を脱いだ彼の半袖から見える見事についた筋肉が目に入っていて、ドキドキしてしまう。腕を動かすたびに、鍛えられた筋肉が美しいのだ。

その後トレビの泉や地下鉄で移動して、真実の口や近くの観光スポットを歩き回り、その間においしいミラノ風仔牛のカツレツ、コストレッタを出してくれるリストランテで食事をした。

あちこち歩き回り、気づけばもう薄暗くなっている。

もう一度ライトアップされたトレビの泉を見たいとリクエストをしたので、見にやって来た。

写真を撮って満足していると、有栖川さんが口を開く。

「そろそろ夕食にしようか」

「はい。私が支払――」

「岬さんは帰国したらカフェをオープンさせるんだから、その分そちらに回せばいいんだ。と言っても、たいした金額ではないが」

「本当にお世話になりっぱなしで……。必ずどんな形でもお返ししますからね」

有栖川さんは小さく笑みを浮かべる。

「それはそうと、これから二カ月間は和食が食べられないかもしれないから、日本料理の店へ行こうか」

「日本料理いいですね。いろいろと考えてくださりありがとうございます」

「礼ばかりだな。俺もずいぶん気分転換になっている」

有栖川さんは少し照れくさそうに顔を緩ませた。

在日本イタリア大使館の近くにある日本料理店『あや』にやって来た。

小さなこのお店は日本人の若い夫婦が経営しているのだという。小紋を身に着けたかわいらしい女将のあやさんが満面の笑みで出迎えてくれて、カウンターの中にいるすっきりと短めの髪にハチマキを巻いた男性も「伊吹さん、いらっしゃいませ！」と元気に挨拶をする。

テーブルが五卓と六人が座れるカウンターがあるが、外国人客でテーブルがすべて埋まっている。人気のあるお店のようだ。

「すみません。空いたらテーブルに移動するってことで、カウンターでお願いします」

板前さんが申し訳なさそうに口にする。

「カウンターでかまわないよ」

女将さんが緑茶を運んできて、私たちの前に置く。

「伊吹さん、今日は綺麗な女性をお連れなんですね。職員の方ですか？　それとも日本から恋人を呼び寄せたとか……」

立ち入ったことを聞いてくる彼女は、有栖川さんととても仲がよさそうだ。

「いや、両方違う。彼女は岬和音さん。バリスタの勉強をする前にローマで観光をしているんだ」

「まあ、バリスタの勉強に」

女将はにっこり私に笑ってメニューを渡す。私と年齢が近そうだ。

「岬さん、ふたりは二年前からここで店を開いているんだ」

「職員の皆様もよく来てくださるので、助かっているんです」

「おふたりで仲よくお店をやっているなんて素敵ですね」

異国で日本料理店を始めるのは、並大抵の努力では開業できなかっただろうと思う。

「伊吹さん、今日はアサリの炊き込みご飯がありますよ」

カウンターの中から彼が言って、有栖川さんは「いいね。最後にそれをもらおう」と笑みを浮かべた。

ビールを飲みながら、いくつかの小鉢や煮物などを食べ進める。

サクッと揚げられた天ぷらを食べ、おいしい料理にビールがよく合う。

ときどき板前さんや女将さんと話を交え、楽しい時間が過ぎていった。


タクシーに乗ってホテルに向かう。

ひとりで帰れると言ったが、有栖川さんはこんな時間に女性ひとりでは危ないからと送ってくれる。

彼は先ほどの日本料理店の近くのアッパルタメントに住んでいると言っていた。日本で言うところのマンションだ。

わざわざホテルまで送ってもらうのは忍びないが、これで最後だと思うとまだ一緒にいたい気持ちに駆られていた。

後部座席に並んで座っている彼が、こちらを向く。

「明日は何時に？」

「お昼の電車です。楽しい時間をありがとうございました……あの、またローマに遊びに来たとき……連絡をしてもいいですか？」

そう尋ねるのは怖かった。有栖川さんがどんな返事をするのかわからなかったから。

「もちろん。いつでも連絡して」

その言葉にホッと安堵して、微笑みを浮かべる。

「バリスタの勉強、がんばって。きっと楽しいよ」

「はい。学生の頃に戻ったみたいに勉強に集中して、たくさん習得できるようにがんばります」

それほど距離が離れていなかったので、もうテルミニ駅が見えてきてホテルに近づいた。

「有栖川さん、本当にありがとうございました」

「こちらこそ。あぁ……もう着くな。フィレンツェでも気をつけて。たくさんの見所が向こうにもあるからきっと楽しめる」

「はい。そうします」

そう言ったとき、タクシーがホテルの前に到着した。

「降りなくていいです」と言ったのに、有栖川さんはタクシーをそのまま待たせて一緒に降り、ロビーまで送ってくれた。

紳士的な環境で育ったに違いないと思う。

「じゃあ、また会おう。連絡するよ」

有栖川さんに差し出された手をそっと握る。

「はい」

彼と会っていた数日間で、初めての触れ合いだ。

大きくてがっしりした手に包まれ、鼓動が高鳴った。

部屋に戻って「はぁ～」とため息がこぼれる。

楽しかったローマの休日が終わってしまった。

思いがけなく楽しめて幸運だったのだ。思い出を胸に、明日から夢に向かってがんばらなければ。

スマホには、観光場所で撮った有栖川さんの写真が何枚かある。日本料理店では女将さんがツーショットも撮ってくれた。

可南子に話して写真を見せたら、驚くだろうな。

三、目的のフィレンツェの学校へ

翌日の土曜日、週明けからの授業に備えて、ローマからフィレンツェへ向かった。フィレンツェ・サンタ・マリア・ノヴェッラ駅から、書類に書かれていた学校の住所へタクシーで向かう。この辺りはローマよりはのどかな印象で、のんびりと散策できそうだ。

これから二カ月間の住まいは、学校の寮になる。

到着してタクシーから降りてみると、古めかしいレモンイエロー色の石造りの校舎が目の前にあった。案内書には同じ敷地に寮があると書かれている。

ふたつのキャリーケースを引きながら鉄柵の門を通り、案内図にある事務室を捜す。すぐに見つかり、英語のできる二十代に見える女性職員から授業の説明を受け、寮に案内された。二個引いていたキャリーケースをひとつ、女性職員が運んでくれる。

「寮は男女に分かれていて、平日は真ん中にある食堂で朝昼晩と食事ができます。週末は外食か買って部屋で食べてください。洗濯室もあります」

寮に向かいながら、英語で説明を受ける。

この学校は〝バリスタ〟〝ジェラート〟〝イタリア料理〟〝イタリア語〟の四つのコースに分かれている。生徒は通年で六十人ほどが在籍していて規模はそれほど大きくなく、私のような留学生もいるが地元か近隣の市から通っている生徒が多いらしい。

校舎と寮の間の中庭にはいくつものベンチがあった。

五階建ての三階の部屋のドア前で女性職員が鍵を開ける。

「月曜日は九時に受講室へ来てください。授業内容や受講室の場所、寮での食事時間はそちらのファイルにありますから。教科書も机の上に揃えてあります」

「ありがとうございました。二カ月間、よろしくお願いします」

キャリーケースを部屋の中へ入れた女性職員は、にっこり笑みを浮かべて戻っていった。

ひとり部屋で、シングルサイズのベッドとクローゼット、壁際にデスクがあってシャワールームとトイレも完備。古びたビジネスホテルみたいな部屋だった。

居心地はよさそうだし、二カ月間ここで過ごすのは思ったより大変じゃないみたい。

腕時計へ視線を落とすと、十五時を回ったところだ。

昨日のこの時間は有栖川さんと真実の口へ行っていたっけ……。

彼と出歩いた三日間がとても楽しい時間だったから、空虚感に襲われている。

ベッドの端に腰を下ろし、それではだめよと、首を左右に振る。

今日と明日の食事はないから、片づける前に近くを回って食べるものを探してこなきゃ。とりあえず今日の分だけでも。明日はフィレンツェの街を観光しよう。

翌日、ブランチを兼ねて昨日見つけたカフェに入り、パニーノとカフェラテでおなかを満たす。

パニーノは好きな具材を選んで焼いてくれる。おいしくて値段もリーズナブルなのでうれしい。カフェラテもラテアートがされてあってかわいい。

今回の留学期間で、ラテアートをしっかり学びたいと思っている。

のんびり食事をしてから、フィレンツェ観光に出かけた。

ローマより混雑しておらず、スリにも一応気をつけるが大丈夫そうだ。

まず街を代表する教会《ドゥオーモ》であるサンタ・マリア・デル・フィオーレ大聖堂へと足を運ぶ。

ドーム型の天井内部には有名なフレスコ画があるそうでぜひ見たいが、入場するには事前予約が必要なので、また後日に来よう。

その後、ヴェッキオ宮殿なども見学した。

ローマもそうだけれど、フィレンツェもごく普通の街並みを撮っていても絵になる。有栖川さんがいないひとりでの観光だったけれど、なかなかスムーズにいって自信がついた気がした。

月曜日からカリキュラムに沿って受講が始まった。

寮には国際色豊かな男女が十四人おり、そのうち女性は六人。自分から話しかけるのは緊張するががんばろう。

意気込んでいたけれど、ここは外国、相手は皆別の国籍ということもあってジェスチャーが大きく表情豊かで、自分も日本にいるときより社交的になれているみたい。

コーヒーの歴史や地理的な違いなど基本的な内容から授業が始まったが、新入社員時代に学んだとはいえ細かな内容を復習することができた。

その日の夜、仲よくなった女性六人で寮の食堂で夕食を食べた。ブッフェスタイルだが、品数は多くはなく、まあまあおいしい程度だと思う。

仲よくなった友人のひとりは偏食気味だと自ら言って、「あまりおいしくないわ」と、お皿にのった料理をフォークでほんの少し取って口に入れている。

彼女は香港《ホンコン》からやって来たシャオユーさんで二十三歳。持っているポーチやバッグ、服装からして富裕層だと思われる。

「冷めちゃうともっとおいしくなくなるわ。早く食べちゃいましょう」

そう言うのはドイツ人のアンナで、三十七歳の独身。女性陣の中では最年長で明るい。赤みがかったブラウンヘアの彼女と目が合った瞬間、仲よくなれそうな気がした。

受講するみんなは国へ戻ったらカフェを経営、もしくはバリスタとして働きたい人たちばかりだ。

その週は勉強に集中し、休憩時間や食事のときは友人たちと交流をし、思ったよりも孤独ではなく楽しいとさえ思えた。

「カズネ、明日はどうするの？」

夕食が済んで自室に向かう途中、英語でアンナが尋ねる。彼女とは部屋が隣同士だ。

「ウフィツィ美術館へ行ってみようかなと」

「あそこは十一月から入場料が安くなるのよ、来月行った方がいいわ。それに先に予約しなきゃ」

彼女はベルリンでカフェを開きたいので極力無駄遣いをしないと話していた。節約はもっともだと思う。

「じゃあ、来月行ってみるわ。アンナ、教えてくれてありがとう」

「明日、サンドイッチを持ってあちこち散策しない？　ミケランジェロ広場はフィレンツェの街が一望できるのよ」

「それはいいわね。行きましょう」

そこで手前のアンナの部屋の前に到着して、明日の時間を決めて別れた。

部屋に入って机へ歩を進めて椅子に座る。

まだ二十時。今日習った内容を復習して、余裕があれば少し予習もしておこうかな。

スマホを開いてみると、妹の朱音からメッセージが入っていた。

【お姉ちゃん、楽しんでる？　お土産《みやげ》と土産話、待ってるからね】

メッセージの下には生後半年になる姪《めい》の写真があった。タップして大きくする。

「どんどんかわいくなってるわ。会いたくなっちゃう」

かつては達也との子どもを夢見たこともあったが、今は姪の写真を見るだけでいい。

「カフェを経営しているかっこいいおばさんにならなきゃ」

スマホのキーボードをタップして返事を打つ。

【元気にやってるよ。とても楽しいわ。お土産、欲しいものがあったら言って。高いものでもできる限り善処するわ】

メッセージを四時間後に送信するよう設定して送った。

今はまだ朝の三時過ぎだ。朱音が目を覚ました頃に、メッセージを見られるだろう。

スマホをデスクに置こうと思ったが、ふいに有栖川さんの顔を見たくなって写真フォルダを開く。楽しかった観光の思い出を一枚ずつ見ていった。

有栖川さんにお礼を渡さなければ。

彼は勉強の邪魔にならないように気遣ってか、朝や夜に短いメッセージを送ってくれていた。

近いうち、都合のいい日を聞いてみよう。


翌週からコーヒーマシンや整備の仕方、そして一番興味のあったラテアートのカリキュラムが始まった。

生徒たちは全員腰に巻くタイプの黒いカフェエプロンを身に着けて習う。

興味があるのはほかの人たちも私と同じなのだろう。みんな講師の説明をひと言も聞き漏らさないよう集中し、目の前でいとも簡単に〝リーフ〟のラテアートが描かれていく様子に見入っていた。

実際にやってみると講師からはなかなかうまいと褒められて、がぜんやる気になってくる。いろいろなアートを学んで、極めたい。

「ラテアートなんてつまらないわ」

そう言うのはシャオユーさん。彼女は真剣みが足りないというか、もともとバリスタの授業にそれほど興味がないのがだんだんわかってきた。

不服そうな声に反応したのは順番を待っているアンナだ。ピクッと肩を揺らして、シャオユーさんを見る。

「つまらないって言ってもカリキュラムに入っているんだから仕方ないでしょ」

「そんなに怖い顔しないでよ。つまらないって言っただけじゃない」

シャオユーさんは肩をすくめて、長い黒髪を触る。今日は飲み物を扱うので結んだ方がベターなのに、肩甲骨辺りまでの髪はそのままだ。

「少しは楽しんだ方がいいわよ。旅費と学費を出してくれたご両親に申し訳ないじゃない」

シャオユーさんの家は香港でカフェチェーンを経営しており、イタリアの学校で学べば箔《はく》がつくから来させられたと自己紹介していた。

「もうっ、ホント怖いんだから。向こうのグループに行ってくる」

彼女は男性五人のグループの方へ行ってしまった。

「困ったものね。ご両親が大変そうだわ」

私は「ふぅ」とため息を漏らすアンナの肩に触れる。

「彼女には彼女の考えがあるし、怒っても仕方ないわ。もう立派な大人なんだしね」

「わかっているけど、甘い考えの人って苦手なの」

「あ、私たちの順番よ」

まだ納得できないような顔つきのアンナをマシーンの方へ促した。


二週目の木曜日の夜、有栖川さんにメッセージを打つにあたり、今回は他愛のない雑談ではなく、ローマで会う約束を取りつけようとドキドキしていた。

好意があると思われるかもしれないと考え、躊躇《ちゅうちょ》してしまう。

たしかに好意はある。だからと言って、ずけずけと有栖川さんを誘えない。彼の方は私がローマを離れてせいせいしていると思っているかもしれないのだから。

二十七の女が、なに初心《ウブ》な少女みたいな気持ちになっちゃってるんだろう。

まだ男性と付き合いたいと思っていないし、有栖川さんだってあの口ぶりでは女性に本気にならないのだ。

だからあくまで友人として会って、お礼を渡せればいい。

【こんばんは。今月末の週末にローマへ行こうと思っているのですが、会う時間はありますか？】

メッセージを送ろうとしたとき、画面が切り替わって有栖川さんの名前が表示されて振動する。

「有栖川さん！」

深呼吸をして気持ちを落ち着けて、タップしてみる。

《今大丈夫か？》

「はい。ちょうどメッセージを送ろうとしていたところです。月末にローマへ行こうかと思って。お時間ありますか？」

《とくに予定はないよ。そうだ。よかったらナポリへ行ってみたくはないか？》

え？　ナポリ？　もちろん有名な観光地なので行ってみたい。

「行ってみたいです。でも、いいんでしょうか……？」

《岬さんと行けるならうれしいよ。フィレンツェからナポリまでは電車を乗り継いで二時間半くらいだ。フライトがないからテルミニ駅で待ち合わせて行くことになるが、大丈夫か？》

「もちろんです。時間を指定してもらえたら間に合うように向かいますね」

フィレンツェからローマまで電車で一時間半ほど。早朝に出れば、ゆったりナポリ観光ができる。

ここでの生活は楽しいが、有栖川さんとナポリへ行けると思ったら、ものすごく気分が弾んでくる。

《ああ、楽しみだ。近くなったら連絡する》

ナポリへ行けるなんて思ってもみなかった。そうよね、土日を利用すれば電車でヴェネツィアやミラノにも。

カフェを開くためには節約をしなければと思うが、こんな機会は一生に一度かもしれない。学校が休みの日はできるだけ出かけるようにしよう。

週末、有栖川さんへのお礼のプレゼントを選ぶため、ドゥオーモから近いファッションストリートへと赴いた。

そこにはブランド店が軒を連ねている。何度も通っていて、窓に飾られているディスプレイなどは目の保養になっていた。その中で一軒の高級紳士服店のマネキンが身に着けていたネクタイが気になり、今日足を運んだのだ。

落ち着いた紺色にピンク色の幾何学模様が入っているネクタイは、有栖川さんにぴったりな華やかさだ。彼ならどんなものでも似合うと思うけれど。

店員にそのネクタイを買い求めると、バックヤードから新品を持ってきてくれた。包装をしてもらい支払いを済ませてからブランド店を出る。

カフェに向かおうと歩き始めたところで、ばったりシャオユーさんに会った。

彼女もひとりで、両手にブランドのロゴの入ったショッパーバッグを持っている。

「カズネとこんなところで会うなんて思ってもみなかったわ」

「ちょっと買い物があって」

シャオユーさんは私が出てきた店へ顔を向ける。

「ここで買い物を？　もしかして恋人かしら？」

「いいえ。ローマでお世話になった人のプレゼントを買ったの。シャオユーさんはたくさん買ったのね」

「そうなの。香港にはない新作のバッグが素敵だったから。あ、じゃあ、私まだ買い物があるの」

「スリや置き引きに気をつけてね」

「えー、まさか。大丈夫よ」

ありえないと笑ったシャオユーさんは、私が買ったお店の隣のブランド店へ入っていった。

あんなに高級なものを持ち歩いて、スリに遭わなければいいけれど……。

三時間後、寮に戻った私はアンナと中庭のベンチに座りコーヒーを飲みながら話をしていた。そこへシャオユーさんが肩を落としながら、警察官に付き添われて寮に戻ってきた。

まさか……？

シャオユーさんのもとへ向かい、うつむき加減の彼女の顔を覗き込む。

「シャオユーさん、どうしたの？」

彼女は私の顔を見た途端、ポロポロ涙を流し始める。

「カズネ……」

シャオユーさんは支える警察官の手を離れて私に抱きついた。アンナもやって来る。

「置き引きにあったんですよ」

年配の警察官が私たちに英語で事情を説明してくれる。

女性が近づいてきて、スカートが汚れていると知らされ、持っていたショッパーバッグを地面に置いて汚れたところを見たとき、別の男女がその品物を持ち去って、なおかつ彼女のスマホもなくなっていたそうだ。

「彼女は相当ショックを受けています。事情聴取は終わりましたので」

警察官は帰っていった。

「部屋に行ってて。食堂でカフェラテを入れて持っていくわ」

アンナはシャオユーさんを私に任せて、先に寮の中へ入っていく。

涙は止まったようだが、意気消沈しているシャオユーさんがかわいそうでならない。

「シャオユーさん、怖かったでしょう。部屋へ行きましょうね」

彼女の肩を抱き寄せて、寮の中へ歩を進めた。

「まさか自分の身にこんなことが起こるなんて思ってもみなかった……カズネにも言われたのに……」

階段を上がりながら、シャオユーさんはため息交じりにこぼす。

「せっかく気に入って買ったものが盗まれてしまってショックよね……」

「もう帰りたい……そうよ！　こんなところなんて嫌っ」

「ここは安全よ。今、アンナがカフェオレを作っているから、飲んだら少し気持ちも落ち着くわ」

シャオユーさんの部屋は二階で、部屋に入ってベッドの端に座らせる。

「どうしたらいいの？　バッグよりもスマホを取られたことがショックなの。今までの写真が……」

たしかに彼女の言うことは共感できる。バッグはまた買えるけれど、今まで撮りためた写真を失ってしまったのだ。私だってしばらく立ち直れないくらいショックを受けるはず。

失ったものは帰ってこないだろうと思うと、言葉に詰まった。

「……香港に帰りたい」

そこへドアがノックされて、アンナの声が聞こえてきた。

「入るわよ」

ドアが開いて大きめのカップをひとつ持ったアンナが入室し、こちらにやって来る。

「どうぞ、飲んで」

シャオユーさんの手にカップを渡して口を開く。

「ショックよね。でも、けがをしなかっただけよかったと思った方がいいわ。もしかしたら、殺されていたかもしれないもの」

アンナの慰めは少し過激だけれど、ハイブランドのショッパーバッグを両手で持っていたら、富裕層だと思われて身代金目あてにさらわれることもあるかもしれない。

沈黙が続いたのち、シャオユーさんは素直にコクッとうなずきカフェオレを飲み、ため息を漏らす。

「……そうかもしれない」

落ち着いてきたような声で安堵する。

カップを両手で持った彼女は顔を上げて、目の前に立っている私たちを見る。

「まだ気持ちは落ち込んでいるけれど、命を取られなかっただけでもよかったと思うことにするわ。バッグはまた買えばいいのだから」

彼女は吹っきったように笑った。

最後の方の言葉は、いつものシャオユーさんに戻っていたので、私たちもつられて笑みを浮かべた。

「私……帰りたい気持ちでいっぱいだけど、ここで帰ったら悔しいし残ることにする」

「それがいいわ。香港へ戻ったらここで習得した技術や知識はご両親にも喜ばれるでしょう。ね、カズネ。そう思わない？」

アンナに同意を求められて、私も「そう思うわ。失った思い出は記憶として残して、これから帰国までたくさんつくりましょうよ」と続く。

「ありがとう。アンナ、カズネ」

今までの棘《とげ》があった言い方はなくなり、心から出た言葉のように聞こえた。

カリキュラムの方は順調で、本格的なイタリアンコーヒーの授業やラテアートも練習する毎日だ。

近々コーヒー工場の見学があり、そこでカリキュラムの半分が終わることになる。

有栖川さんと約束した日の数日前になり、待ち合わせ場所と時間が決まった。もうすぐ会えると思ったらうれしくて、でも緊張してとにかくソワソワしながらも勉強に励んだ。

ナポリへ行く前日。夕食後、アンナとシャオユーの三人で、自分たちが入れたラテアートを持って談話室で時間を過ごす。

仲がよくなった私たちは敬称なしで呼ぶことになった。ふたりはすでに〝カズネ〟呼びだったので、私も彼女たちを敬称なしで呼べるようになった。

最近では毎日三人でそれぞれのラテアートの点数をつけ合ったり、将来オープンさせたいカフェの構想を話したりしている。

シャオユーは事件後、私たちに心を許したかのように素直になって、今ではかわいい妹みたいな気持ちだ。

「カズネの話していた、店内に入ったらイタリアの雰囲気が味わえる内装、とてもいいわね」

アンナの後にシャオユーさんも続く。

「古材を活用したテーブルも味があって素敵だわ」

「まだまだ勉強してからじゃないと決められないけれど、なるべく低コストになるように考えているの」

「カズネ、アンナ、まったく同じ内装のカフェが日本、ドイツ、香港にあったら素敵じゃない？」

シャオユーの突然の発言に、私たちはキョトンとなる。

「あなたはコーヒーチェーン店の娘でしょ。もうお店はあるじゃない」

アンナは彼女の意見に、首を左右に振る。

「チェーン店なんてつまらないわ。観光客が集まりそうな場所に私もオープンさせたいの」

「なかなか自立心があっていいわ」

シャオユーは最初の頃より前向きになっている。ラテアートなんてつまらないと言っていたが、今ではSNSで流行《はや》っている3Dアートなどをやってみたいと講師に頼み込むほど積極的だ。

「三都市で同じカフェがあったらおもしろいかもしれないわね」

「でしょ」

私にシャオユーはにっこり笑う。

「とりあえず、妄想するのはタダよ。思い思いのカフェを練ってまた話しましょうよ。ところで、明日はどこかへ出かける？」

アンナは私たちに尋ねてから、残り少ないカフェラテを飲む。

「あ、私は知人とナポリへ行ってくるの」

「ええっ？　知人？　今までそんな話をしたことがないけど、もしかして受講生？」

「受講生じゃないわ。ローマで知り合った人よ。実はね……」

婚約者に浮気をされて破談になってイタリアへ来たことと、空港での私の恥ずかしいミスを話し始めた。

「カズネって、落ち着いているように見えて、意外とおっちょこちょいなのね」

シャオユーにアンナがうなずく。

「素敵な出会いじゃない。うらやましいわ」

「外交官ってところがポイント高いわ。私もその男性に会ってみたくなっちゃう。ついていってもいい？」

「シャオユー、それはだめよ。ふたりの邪魔にしかならないわ」

突拍子もないシャオユーに、生真面目なアンナが顔をしかめて止める。

「だって、キャリーケースを間違えて持っていったのに、怒らない男性ってすごく懐が広いじゃない」

「それはカズネが素敵な女性だからよ。誰だってカズネを前にしたら怒れないわ」

「まあね、カズネはかわいいしスタイルもいいし。カズネ、言ってみただけよ」

シャオユーは私ににっこり笑ってみせる。

「婚約破棄をしていたなんてね……」

アンナの神妙な面持ちに、笑顔でうなずく。

「ええ。男性を見る目はなかったわ。でも、それがあったからカフェを持つ道に進もうと決心できたし、ここまで来てふたりと会えたんだもの。よく考えればよかったと思えるの。なにかきっかけがなければ、ずっと会社勤めをして行動に移せなかったはずだから」

「その男性とは？」

「え？　ううん。なにもないわよ。私の話はこれでおしまい。ね、ふたりの恋の話をして」

私の話からふたりの恋バナに振り、三十分ほどして明日の用意をすると言って談話室をひとり出た。

四、ヒーローさながらの彼

翌日、早朝の列車でローマへ向かった。テルミニ駅には八時前に到着する予定で、有栖川さんとの待ち合わせは八時十五分。

もうすぐ十一月ともなれば、日中の平均気温は十八度、夜は寒い。

水色の長袖のTシャツにジーンズ、黒の薄手のコートを羽織る。もちろんショルダーバッグはコートの下だ。

その中には有栖川さんへプレゼントするネクタイも入っている。

彼と会うのは一カ月ぶりで、ローマではない異国の地へまた一緒に出かけられるなんて不思議な感覚だ。

列車を降りて待ち合わせの乗り場へ向かうと、有栖川さんはわかりやすい場所で待っていた。

どこにいても彼の高身長とその雰囲気に、誰でも目が行ってすぐに気づくだろうと思う。

「有栖川さん!」

イタリアのカフェチェーン店の入口横に立っていた彼は、私の姿を認めて口もとを緩ませた。

「おはよう」

「おはようございます。休日なのに早起きさせてしまってすみません」

「君だって早起きして来たんだろう？　しかも俺よりももっと早く起きたはずだ。ありがとう」

「楽しみにしすぎて、目覚まし時計が鳴る前に起きてしまいました」

麗しく笑みを浮かべた有栖川さんは腕時計に目を落とす。

「行こう」

「あ、コーヒーを買ってきます」

カフェに入ろうとする腕が掴《つか》まれる。

「大丈夫だ。ドリンクとスナックの無料サービスがある」

「それって、いい座席なんじゃ……」

イタリアの鉄道には普通車から特等車まであって、フィレンツェから来た私は普通車だった。

「女の子を連れているんだからいい席でもいいだろう？」

サラッと口にされて、〝女の子〟の言葉に一瞬あっけに取られる。

「私はもう女の子じゃありませんよ」

「失礼。女性だ。どうも君は若く見える」

「まあ、老けて見られるよりいいですけど」

笑ってそう言ったが、有栖川さんにとって私はやはり恋愛対象ではなく、妹みたいな感覚で誘ってくれているようだ。

もちろん私だって、今は恋愛をするよりもカフェをオープンさせることに全力を注がなくてはと思っている。

けれど、有栖川さんに惹かれているのは確実だった。

ナポリへ向かう列車内は快適で、スナックとコーヒーが提供され、どこを観光したいかなど伝えながらカフェタイムを楽しむ。

まだ出会って四回目なのに、旧友のように話が弾む。

「今度、岬さんがラテアートをしているところを見てみたいな」

「ラテアートを？　有栖川さんはブラック専門じゃないですか」

「そうだが、飲めないわけじゃないよ」

『今度』なんて社交辞令みたいなもので本気ではないのに、ついドキッとした。

ナポリ中央駅に到着した。想像していたよりも近代的な駅で驚く。

有栖川さんは出口に向かいながら、スマホを出して誰かと話し始める。

空は真っ青で気持ちがいい。寒すぎるわけではないので、観光日和だろう。

写真もたくさん撮らなくちゃ。

「こっちだ」

通話を終わらせた彼は私を促す。

タクシーがたくさん並んでいるが、少しはずれた場所に一台停車してあって外に運転手が立っていた。

その人に有栖川さんが話しかけると、壮年の口ひげを蓄えた運転手はニコニコと後部座席のドアを開ける。

「今日一日借りたんだ。移動に時間がかかるのはもったいないからな」

「いろいろ考えてくださりすみません……」

「乗って」

車に乗り込み、有栖川さんが座れるように奥へお尻をすべらせる。隣に彼も腰を下ろし、車は走り出した。

まず、ヌオーヴォ城へ向かってもらう。

車で行くとあっという間に着いてしまうほど近い。

フランス風に建てられた城で、四つの円筒型の塔と高い城壁が重厚感を醸し出している。暗くなるとライトアップされるらしい。運転手の説明を有栖川さんが私に教えてくれる。

イタリア語を話せるなんて本当にうらやましい。学校の講師たちはイタリア人なので、数字や挨拶程度のイタリア語は覚えたけれど、ほかはどうしても難しい。流暢《りゅうちょう》に話をする有栖川さんには尊敬するばかりだ。

駐車スペースに車を止めた運転手は私を見て、有栖川さんになにか言っている。彼は「違う」と笑いながら首を振った。

「降りよう」

促されて車から降りて、石畳の道を通りヌオーヴォ城の正面入口に向かう。

「運転手さん、私を見てなにか言っていましたよね？　違うとか……」

並んで歩を進めながら尋ねる。すると、有栖川さんは思い出し笑いのように口もとを緩ませる。

「少しわかるようになったんだな。俺たちを新婚旅行だと思ったらしい」

「し、新婚旅行？」

苦笑いをするしかなかったが、内心そうだったら……と考えて顔が熱くなる。

入城し、運転手から勧められた屋上からのナポリの景色を見に足を運んだ。

「あ、サンテルモ城がよく見えますね」

ナポリの街を見下ろすように立っているお城を指さす。

「あそこからの眺めもよさそうだな」

もちろん列車の中で決めた〝行きたい観光地リスト〟に入れていたので、楽しみにしている。

「ナポリは小さい街なのに、いくつかのお城があって見所がありますね」

「ああ。ほかにも王宮やカタコンベ、考古学博物館もあるしな。それより、そろそろおなかが空いたんじゃないか？　近くに考古学博物館がある。それを見てからランチにしようか」

「はい。そうしましょう」

こんなふうに一緒に観光できる男性なんて、私の周りにはいなかった。達也は旅行先の観光地には興味がなかったので、今思い返せばドライブなども仕方なく……だったのかもしれない。

それにしても、今回も列車やタクシーの代金、おそらく食事代までも負担をかけてしまった。

プレゼントのネクタイも高級ではあるけれど、お礼には足りない。なにか別のものも用意しなくては。

考古学博物館を出て、タクシーの運転手の勧めるリストランテへ向かった。手打ちパスタはもっちりとおいしく、ナポリのリストランテには揚げ物もあって、新鮮な素材を堪能した。

「素晴らしいものを見せてもらえました。テレビや書籍などでは目にしたことがあっても、実際見学できるなんて。中学の頃、古代エジプトに憧れて考古学者になりたかったんですよ。有栖川さんはなにになりたかったですか？」

「俺は、勉強と両立させ文武両道を目指していたからな。幼い頃から父親に自分の身は自分で守れと教えられて、剣道、柔道、空手、テコンドー、ありとあらゆる武術を習ってた」

「そんなに習っていたんですか⁉」

「うちの家庭はちょっと特殊だったからな。父は警察庁、亡くなった祖父は旧防衛庁で働いていたんだ。まだ父は現役だが」

「すごいですね。有栖川さんも大使館に駐在なさってますし。お父様は警視庁で、エリート一家なんですね」

「話すと結構引かれるんだ」

彼は端整な顔に苦笑いを浮かべる。

「たしかに、普通のご家庭ではなさそうですね。でも、すごいな～と思うだけで引いたりしませんから。うちは山口で小さな不動産屋を経営しているごく平凡な家庭なので、有栖川さんのお宅が想像できないですけど」

にっこり笑って、すっきりとしたリモーネの炭酸水を飲む。

「これ、さっぱりしていておいしいですね」

有栖川さんも同じ飲み物を頼んでいて「ああ。おいしい」とうなずく。

「タクシーの運転手を信用して正解だったな」

「どこかのサイトを見たりして貸し切りの予約をしたのですか？」

「いや、ここにも領事館があって、知り合いから紹介されたんだ」

「そうだったんですね。明るい運転手さんで、乗車中も楽しいです。それで……あの、ここは私にご馳走させていただきたいのですが」

ほとんど食べ終わり、会計を前に有栖川さんにお願いする。

「気にすることはないと言ってあるだろう？」

「でも、ずっと出していただいているので、だんだんと申し訳なさが積み重なっていて、そんなことではもう会えなくなりそうで……あ、あと一カ月しかないですけど」

「……また岬さんと出かけたいと思っているから、それは困るな」

彼は渋い顔をしているが、また私と出かけたいと言ってくれているのなら受け取ってもらえそうだ。

ショルダーバッグからレポート用紙でユーロを包んだものを、有栖川さんの手もとに置いた。中には二百ユーロ、日本円で約三万円入っている。

ネクタイも渡したいが彼のボディバッグはあまり大きくないので、プレゼントは後にしよう。

「受け取っていただけますよね……？」

彼の顔色を覗き込むように首をかしげて見やる。

すると、有栖川さんはため息をついてからお金を受け取ってくれた。

「カフェのオープンを応援しているんだ。少しでも手伝えたらと思っているからこそだったんだが、それでは君の気持ちが収まらないらしい。受け取るよ」

有栖川さんは包みを受け取りポケットにしまった。

「しかし、君は生真面目なんだな。俺を利用しておごらせておけばいいのに」

「生真面目というわけでは……きっと、有栖川さんがいい人なので嫌な印象を残して帰りたくないからかもしれません。日本へ来た際にはカフェに寄ってくださいね」

「ああ。そうさせてもらうよ。どんなカフェをオープンさせるのか楽しみにしている。では、そろそろ観光に戻ろうか」

椅子から立ち上がり、会計を済ませると待機してくれているタクシーへ歩を進めた。

有栖川さんと運転手が笑いながら会話を交わして、車が動きだす。

次に向かったのはサンタルチア港。海ぎりぎりのところに卵城と呼ばれる要塞が建っている。卵の形をしているわけではなく、重厚な石造りで、ヌオーヴォ城とはまた違った古めかしい雰囲気だ。

小さなヨットハーバーもあって、どこを切り取っても絵葉書のような美しい景色に何度もスマホで写真を撮った。

それから移動をしてヌオーヴォ城の屋上から見たサンテルモ城へ向かった。この地帯は高級住宅地らしく、石造りの豪邸が多い。

サンテルモ城の展望台では先ほどよりも素晴らしい景観が見られた。

「あれがヴェスヴィオ火山で、その向こうがポンペイだ」

「あ、大噴火をした山ですよね。先ほどの考古学博物館にポンペイで出土したものが展示されていました」

「行ってみたい？」

「はい。でも遠いですね」

ポンペイ遺跡は有名観光地なので、興味はある。

「車で三十分くらいだと運転手が言っていたから、可能だよ。今は二時半か。駆け足になるがよければ行こう」

「うれしいです！　ありがとうございます」

うきうきとその場を後にして、タクシーに戻った私たちはポンペイへと向かった。

ポンペイ遺跡は今日一日見てきたお城や考古学博物館を忘れさせてしまうほど、圧倒的な観光地だった。

ローマで行ったフォロ・ロマーノも好きだけれど、ここは災難のあった場所でそれがまだ残っていることに感慨深さを受ける。

古代都市遺跡はユネスコの世界遺産になっており、ガタガタの石畳を歩き、当時のローマ人の生活をほんの少しだけ垣間見ることができて感動だった。

あちこち歩き回って脚が疲れているが、素晴らしい遺跡を前にそんなことに気を取られてはいられない。

有栖川さんが話した通りの駆け足の見物で、あまりの広さにいつか再び訪れられたらいいなと思う。

「あそこの写真撮ってきていいですか？」

「ああ。もちろん。ちょっと電話をかけるよ」

「はい」

笑顔で有栖川さんから離れてネロ帝凱旋門の遺跡へと歩を進める。振り返るとスマホを耳にあてている有栖川さんが見えた。

かっこいい……。

少し離れているので、スマホのカメラ機能をズームにして有栖川さんを写す。

今日は何枚も一緒に自撮りしたが、彼だけの写真も欲しくてつい隠し撮りしてしまった。悪いことをしたみたいにドキドキして、動揺をごまかすように遺跡を何枚か撮った。

「もうすぐ五時半か……一日があっという間に終わっちゃうわね」

陽が落ちかけていて、すぐに辺りは暗くなってしまうだろう。

もう一度、有栖川さんへ顔を向ける。彼はこちらに走りながら私になにか言っているが、聞き取れない。

そのとき、うしろからドンッと押された。

「きゃっ！」

段差のある石段から落ちた私の手からスマホが奪われた。

「ああっ！　スマホが！」

奪った男は逃げていく。

「ここにいろ！」

横をものすごいスピードで有栖川さんが男を追いかける。

どうしよう……有栖川さんにもしものことがあったら……。

スマホよりも彼の身になにか起こりでもしないか、不安に駆られながら立ち上がる。

振り返って逃げた方向を見ると、有栖川さんが男の上着の背を掴んだところだった。

アーチ状になっている遺跡の向こうで、抵抗する男は殴りかかるが、有栖川さんはすばやくかわす。

すごい……身のこなしがさすが……。

だけど、いくら強くてもナイフなどを出されたら有栖川さんが危険だ。

しかし彼は殴りかかる男をものともせずに、地面へ投げ飛ばした。

心臓を暴れさせながら固唾をのんで見守っていると、男は逃げ去った。地面に落ちたスマホを有栖川さんが拾う。

彼の身に何事もないようで、ホッと胸をなで下ろした。

厳しい表情の彼が私のスマホを持って戻ってきた。そんな顔を見たのは初めてだ。

「けがはないか？」

「有栖川さん、ありがとうございます。身の危険も顧《かえり》みず追いかけてくださり……すみません……」

「あの男が君に近づこうとして気づいたんだが、ひと足遅かった。スマホの画面にひびが入ってしまった。すまない」

「謝らないでください。不注意で盗られた私のせいなんですから。スマホが戻ってきただけでも感謝です」

スマホを受け取ってみると、ひびが放射線状に入っていたが、よく見たら割れているのは画面に貼っていた強化ガラスフィルムだけのようだ。

「あ、本体の画面は無事でした！　本当にありがとうございました！」

「ガラスフィルムか。よかったよ。さあ、もう薄暗い。戻ろう」

「はい」

一歩を踏み出した瞬間、左足首に痛みが走った。

捻挫したようだ。でも、歩けないこともない。

多大な迷惑をかけた上、捻挫しただなんて言いづらい。

大丈夫。タクシーに乗ったら、遅くなってしまったことを理由に帰る提案をしよう。

本当ならば先月ローマで泊まったホテルに一泊してからフィレンツェへ戻ろうと思っていたが、乗り継いで寮まで帰った方がよさそうだ。

痛みをこらえながら歩いているうち、有栖川さんと距離が二メートルほど離れてしまった。

ふいに彼が立ち止まって振り返り、その場で私を見やる。

「どうした？　歩くのが早い？　あんなことがあったから、どっと疲れたんじゃ」

「そ、そうです。ちょっと疲れてしまったみたいで……もういい時間なので、ローマに帰りませんか？」

「なんか様子がおかしいな。なぜこっちに来ないんだ？　もしや、けがをしているんじゃないか？」

やはり捻挫してしまったことを隠せないようだ。

「……鋭すぎます」

「鋭いんじゃなくて、必死に隠そうとしている岬さんがわかりやすいんだ」

そう言いながら私のところへ戻ってくる。

「どこが痛むんだ？」

「……左足首を捻挫したみたいです」

有栖川さんはしゃがみ込んで私の左足首に触れる。その手つきはとても優しい。だが、そっと触れられたのに、ズキッと痛みが走る。

「痛いだろう。少し腫れている。暗いからここではちゃんと見られないな」

立ち上がった彼はふいに屈んで、私の膝のうしろに腕を差し入れる。びっくりしている間に抱き上げられてしまった。

「お、重いです、下ろしてください。歩けます」

慌てて言うが、有栖川さんはしっかりと私を抱いて歩き出す。

「……すみません」

「別に謝ることじゃないから気にしなくていいよ。それより、この足で隠し通せると思ったのか？」

有栖川さんが小さく笑う。その笑みに心臓がトクンと跳ねた。

美麗な顔が近くてまともに見ていられない。

「私がもう少し周りに気をつけていれば、こんなことにならなかったのに」

「あそこには俺たち以外いないと思っていたし、あの男はカモを待って隠れていたんだろう。君のせいじゃない」

私を安心させるような言葉をかけてくれ、救われる気持ちだ。

強くて優しくて、どんなときにも動じない彼は、なんて素晴らしい人なのだろう。

抱き上げられていた私を見た運転手は驚いて、即座に車から降りてきて後部座席のドアを開ける。

タクシーの前で下ろされて、左足首に気をつけながら車内へ乗り込んだ。

有栖川さんは運転手に事情を説明しているようだ。

運転手は気の毒そうな顔を私に向けてなにか言ってから、運転席に着く。

有栖川さんも私の隣に座ると車が走り出した。

「彼はなんて……？」

「かわいそうにと同情していた。駅に向かってもらっている」

「はい。こんな終わり方になってしまってすみません」

「何度も謝る必要はないよ。捻挫だと思うが……本当ならばすぐに冷やして固定した方が治りが早い。駅の途中で、湿布とテーピングを手に入れるからそれまで待っていてくれ。ひびが入っていないといいんだが」

「捻挫は二回ほどしたことがあるので、たぶんひびは入っていないと思います。痛いことは痛いですが、我慢できる痛さなので」

そう言うと、彼はふっと口もとを緩ませる。

「それはあてにならないな。痛みが軽くてもレントゲンを撮ったらひびが入っていたってこともある。明日の朝、病院へ行こう」

「え？　病院へ？」

驚いてあぜんとなる。

「ああ。俺が連れていく。その足でフィレンツェへ今日帰るのは大変だろう。俺の家に泊まればいい。来客用にひと部屋あるから気兼ねなく過ごせるよ」

「有栖川さんの家に……？　もっと迷惑がかかります。ホテルの部屋を取りますから」

両手を顔の前で振る私に、彼は苦笑いを浮かべる。

「もしかして、襲われるとでも思ってる？」

「そ、そんなこと思っていませんっ」

「なら、そうするといい。泊まれるところがあるのにホテル代がもったいないと思わないか？」

一度は断りながらも、本心では有栖川さんがどんなところに住んでいるのか気になる。彼が私を襲うならもっと前にしているはずだし。

有栖川さんに惹かれている身として、この後も一緒に過ごせるのはうれしい。

「……本当に、迷惑ではないですか？」

「ああ。先日の日本料理店に頼んで弁当を作っておいてもらおう。あそこの弁当もうまいんだ」

「そんなことまでしていただいては申し訳ないです」

「腹は空くだろう？　家にあるのはビールかワインだしな」

そう言いながら彼はスマホをポケットから出して、日本料理店へ電話をかけた。

ナポリ中央駅に向かう途中で湿布とテーピングを購入して、ローマ・テルミニ駅行きの列車に乗車した。

乗り込んですぐに有栖川さんは私の捻挫の状態を見て、手際よく湿布とテーピングを施してくれた。湿布の冷たさが気持ちいい。

靴に足を入れて床に脚を下ろしても、痛みはテーピングのおかげで緩和されている。

「ありがとうございます。もう痛くないです」

「それは言いすぎだろう」

有栖川さんは笑って、ビニール袋の中に湿布とテーピングをしまう。

提供されたコーヒーを飲み、ウトウトしていると、テルミニ駅に到着した。

タクシーで日本料理店へ向かい、私を車の中で待たせたまま有栖川さんはお弁当を受け取って戻ってきた。

彼のアッパルタメントはそこから三分ほどのところで、三階建てのおしゃれな石造りの建物の前に到着した。

「ここの二階だ。弁当を持ってくれる?」

「え?」

お弁当の入ったショッパーバッグを渡した彼は私を抱き上げた。

「歩けます!」

「すぐだ。おとなしくしていてくれ」

建物の中へ鍵を開けて入った有栖川さんは、中の階段をしっかりとした足取りで上がっていった。

三つのドアのうちのひとつのドアへ鍵を差し込んで開け中へ進み、私をクリーム色のカウチソファに下ろした。それからスリッパを持って戻ってくる。

「靴だとくつろげないから、うちではスリッパなんだ」

「やっぱりそうなりますよね。私も寮ではスリッパです」

スリッパに履き替えると、彼が私のスニーカーを玄関へ持っていってくれた。

スリッパになって解放感を得られた。

温かみのある木の床で、シンプルな部屋だった。

「今お茶を入れるから。そうだ、洗面所はあっちなんだが、連れていこうか?」

「だ、大丈夫です」

抱き上げられるのは何度されても慣れない。

それにしても、平均的な体重の私をいとも簡単に抱き上げて階段を上がるなんて、鍛えていなければできないだろう。

「洗面台の横の棚に新しいタオルがあるからそれを使ってくれ」

「はい。ありがとうございます」

歩いてみると、けがした直後よりも痛みが引いていて安堵する。

洗面所へ入り手洗いを済ませ、隣の棚からきっちり折られたタオルを使わせてもらった。

リビングルームは散らかっていないし、棚もホテルみたいに整っている。

恋人はいないと言っていたが、身の回りの世話をしてくれる人がいるのでは?

そう考えてプルプルと頭を左右に振る。

有栖川さんに特別な人がいたとしても私には関係ない。

「このじゃがいもの煮物、味が染みていてとってもおいしいです」

カウチソファに座って有栖川さんと並んでお弁当を食べ始めた。

時刻は二十二時三十分になろうとしている。

「梅のまぜご飯もホッとする味です。やっぱりお弁当には緑茶が合いますね。このお茶、極上ですね」

「緑茶が好きなんだ。焼酎の緑茶割りもよく飲む」

彼のイメージは焼酎よりバーボンやシャンパン、ワインといった洋酒なんだけれど、緑茶割りが好きと聞いて、もっと親しみが湧く。

ローマにある有栖川さんの部屋で和食のお弁当を食べているなんて、彼と出会ったばかりの頃にはまったく考えられなかったことだ。

災難に遭ったけれど、今日は満喫して幸せだった。

フィレンツェを早朝発ってローマで待ち合わせをして、ナポリ観光したのが今日だなんて信じられない。

タクシー移動だったからあちこち見て回れたし、リストランテもよく、贅沢《ぜいたく》だったな。有栖川さんには感謝している。

そう考えつつ、和風ソースのかかったステーキを口へ運ぶ。一カ月近く和食を食べていなかったので、とてもうれしい。

そこで彼へのプレゼントを思い出して、食事が終わった頃、隣に置いていたショルダーバッグから出して彼の前に置いた。

「これは？」

有栖川さんは片方の眉を上げて尋ねる。

「お礼です。あ、ランチのときに渡したお金とは別物ですから。ローマにいたときに楽しませていただいたお礼です。受け取らないなんて言わないでくださいね。ネクタイなので、返されても困りますから」

「そこまで言われたら、受け取らないわけにはいかないな。ありがとう。かえって気を使わせているな。開けてみていいか？」

「はい。もちろん」

有栖川さんは包装紙を剥がして蓋を開けた。

紺色にピンク色の幾何学模様のネクタイを手に取って、私に笑みを向ける。

「素敵なネクタイだ。つけさせてもらうよ」

「よかった……。絶対に有栖川さんに似合うと思ったんです」

「ありがとう。月曜日はつけて出勤するよ」

気に入ってもらえたとわかって、胸をなで下ろした。


食事後、シャワールームを案内されて使わせてもらった。

着替えがあるのか有栖川さんは気にしてくれたが、もともとローマに一泊するつもりだったので洗面用品と明日の着替え、ナイトウェアも持ってきている。

シャワーを出た後、ドライヤーを借りて部屋で髪を乾かし終えたところへ、ドアがノックされた。

「どうぞ」

スッピンで恥ずかしいが、有栖川さんを部屋へ入れる。ナポリで買った湿布とテーピングを持っていた。

だが、部屋に入った途端「ちょっと待ってて」と出ていき、グレーの男性物のカーディガンを持って戻ってきた。

「これを着て。その格好じゃ少し寒いだろう。それに俺も男だから、そんな魅力的な姿を見ると抑えられなくなる」

そう言って彼は悪戯《いたずら》っぽく微笑む。

『魅力的』だなんて、気を使わせないように冗談を言うところがとても紳士的だ。

「ありがとうございます」

カーディガンを受け取って羽織ると、爽やかなウッディ系の香りがした。

「ベッドに座って足を見せて」

言われるままにベッドの端に座って、左足首をそっと前に出す。シャワーで濡れたテーピングと湿布を、彼はすみやかにはずしていく。

「さすが手際がいいですよね」

足首の腫れ具合を確かめてから、湿布を貼って、テーピングを施していく。

「まあな。学生の頃からこれくらいの処置は勉強しているから。ひどい腫れにはなっていないようだ」

「はい。ありがとうございました」

「じゃあ、おやすみ。眠れるといいんだが」

「今日一日たくさん動き回ったので、きっとぐっすりです。おやすみなさい」

「おやすみ」

有栖川さんは顔を緩ませ、部屋を出ていった。

ドアが閉まると、無意識に私の口からため息が漏れる。

有栖川さんは本当に紳士すぎる。

いつも気遣ってくれて優しくて、余裕のある大人の男性だ。『抑えられなくなる』なんて……ジョークだと知っていてもドキッとしちゃった。

そこで、ハッとなる。

お、襲ってほしかったわけじゃないし！

五、彼に惹かれる気持ち

「――ネ？　カズネ！　こぼしているわ」

アンナの声で我に返った私は手もとを慌てて見る。

いけない、エスプレッソを入れている最中だったわ。

今はカリキュラム中なのに、有栖川さんのことを考えてしまっていた。

作業台を拭いて、隣の水道でタオルを綺麗に洗う。

「どうしたの？　ぼんやりして。カズネらしくないわ」

「ちょっと考え事をしちゃってたの。ちゃんと講義に集中しなくちゃね」

心配そうなアンナに小さく微笑んだ。


夕食が終わって、部屋に戻ってきた。

有栖川さんの家に泊まってから二週間が経とうとしている。

泊まった翌日は念のために病院へ連れていってくれ、レントゲンを撮った。幸いひびは見あたらず、湿布を処方されて一週間ほどで治るだろうとの医師の所見だった。

海外保険に入っているし、有栖川さんの知り合いの日本人医師なので、書類は迅速で助かった。今はすっかり治っている。

あの日本人医師は綺麗な女性で、有栖川さんと親しげだった。年齢は彼と同じか少し年上のようで、左手薬指にマリッジリングはなかった。

もしかしたら仲がよさそうな雰囲気から恋人なのでは?と推測してしまうが、尋ねることはしなかったので不明だ。

そもそも恋人はいないと言っていたので、そんなことを尋ねるのはおかしいから。

『六時に出発よ。寝坊しないでよ』

ふと、さっきシャオユーが念を押していたのを思い出す。

明日は土曜日で、ひとりでヴェネツィアへ日帰りで行ってこようと予定を立てていた。そのことをアンナとシャオユーに話したらぜひ行きたいと言われ、どうせならもったいないから一泊しようと三人で行くことになった。

ずっと行きたかったヴェネツィアよりもローマへ行って有栖川さんに会いたいと思ってしまうのは、彼に惹かれているからだろう。

ううん。惹かれているのはもちろんのこと、好きなのだ。

早いものであと二週間ちょっとで帰国だ。それなのに初めて恋をしたときのようにどうしたらいいのかわからないのが現状で、私が好きだからって有栖川さんの気持ちはわからないし、もしも好意があったとしても恋愛関係にはならないだろう。

ローマと東京はあまりにも遠すぎる……。

連絡が続いているものの、恋心を明確に自覚してしまい、帰国する日が近づいていることに寂しさが募っている。

短い連絡だけでは満足できなくなっている自分もいて、すぐにメッセージを送りたくなるし、声も聞きたくなる。

常に有栖川さんのことを考えてしまっていた。

翌日。旅行中は有栖川さんのことを忘れてヴェネツィアを思う存分楽しもうと決意して、三人で列車に乗って出かけた。

学校も残すところ二週間弱で、ふたりと離れるのは寂しいけれど、たくさん思い出をつくりたい。

フィレンツェからヴェネツィアまでは列車で三時間ちょっとの長旅だ。

ヴェネツィアはローマやナポリ、そしてフィレンツェの雰囲気とはまた異なりロマンティックな雰囲気満載で、観光場所に選んでよかった。

有栖川さんと一緒だったら、さらに楽しめたかもしれない。

私たちは二日間、ゴンドラに乗ったり、サン・マルコ寺院やリアルト橋などの主要な観光地を巡ったり、いくつかのカフェに入ったりした。

ムラーノ島やブラーノ島へも足を延ばし、かわいらしい建物と美しい景色を堪能して、あっという間にフィレンツェに戻る列車内。

私の向かい側にシャオユー、その隣にアンナが座り、間にあるテーブルにはコーヒーと老舗スイーツ店で買ってきたお菓子が並んでいる。バタークッキーや砂糖がたっぷりかかったドーナツなどで、寮に帰ってもおなかは空かなそうだ。

「カズネ、ヴェネツィアの案を出してくれてありがとう。学校へ滞在中はお金を使いたくないと思って我慢していたけど、やはり来てよかったわ。最高だったもの」

アンナの言葉にシャオユーもうなずいて口を開く。

「ここ最近では一番楽しかったわ」

「私もふたりと来られてうれしいわ。おなかが痛くなるくらい笑うって幸せよね。ひとりで来ていたら話し相手もいなくて、楽しさが半減していたと思うわ」

「そういえば、ナポリへ一緒に行った男性とはどうなっているの？」

「え……い、今さら聞くの？」

シャオユーに尋ねられて、一瞬困惑した。

アンナが言葉を続け、シャオユーはバタークッキーに手を伸ばす。

「なんか聞けない雰囲気だったのよ。一泊してきたじゃない？　いい関係になったのかしらって思ったけれど、カズネはまったく話さないから、聞くに聞けなくて」

「私たちは純粋に友人同士って感じかな。実は……」

ポンペイでスリに遭いかけて、捻挫をしてしまい、彼のアッパルタメントに泊まった話をする。

「一緒に夜を過ごしたのに、なにもない……？」

アンナがポカンと口を開ける。

「綺麗なカズネがそばにいるのに手を出さないなんて、変わっている人ね」

シャオユーも顔をしかめる。

「まあ……私に魅力がなかっただけよ。好みの女性じゃないんだわ。変わっているんじゃなくて、モテすぎて女性なんて選り取り見取りなんだと思う」

そう言って、自分にも言い聞かせる。

ふたりは私を慰め、話題を変えてヴェネツィアで回ったいろいろな出来事を振り返っているうちに、フィレンツェに到着した。

ヴェネツィアから戻った翌日の夜に、有栖川さんからメッセージが入った。明日から日本へ仕事で帰国するとある。もしかして私と入れ違いになってしまうのだろうか？

イタリアにいるうちに、最後に彼に会って今までのお礼を伝えたかったので、いつこちらに戻るのか、少し時間は取れそうかを尋ねてみる。

【十日後に戻ってくるよ。岬さんはいつ帰国予定？　ローマに少しは滞在できるのか？】

学校が木曜日までで、金曜日に寮を出る。それから列車でローマへ移動する予定だ。帰国日をまだ決めていなかったので、少なくとも数日はいられる。それにまだ家族と可南子にお土産を買っていないので、街をぶらつきたいと思っていた。

【金曜からローマに滞在します。お買い物と観光したい場所があるので、月末の月曜日のフライトを取る予定です。前回と同じホテルに泊まります】

【では、金曜の夜は空いてないか？　一緒に食事ができるとうれしいんだが。また連絡する】

よかった……有栖川さんに会える。

バリスタコースでは最終週にラテアート選手権がある。

基本と自由の二種類で受講生たちと競う。

どんな絵にしようか悩んだ末、基本は〝リーフ〟を選んだ。自由は悩みに悩み抜いて〝スワン〟に決めた。

アンナとシャオユーも考えあぐねていたが、練習を重ねて柄が決まったようだ。

ラテアートの種類が豊富であれば、カフェをオープンさせたときにお店のアピールポイントとして打ち出せるだろう。

できるものはまだ十種類程度だから、日本へ戻ってもさらに勉強してがんばらなくては。

学校最終日、ラテアート選手権の発表があった。

「カズネ、おめでと～さすがだったわ」

「二種目の両方を優勝しちゃうなんてすごすぎ」

アンナとシャオユーが代わる代わるハグをして優勝をたたえてくれる。

「ありがとう。これを励みにもっとがんばるわ」

「カズネのカフェは繁盛間違いなしよ。これからが楽しみね。みんなでちゃんとカフェをオープンさせましょう！」

アンナはドイツへ帰国したら、すぐにでも物件探しにあたると言っている。シャオユーは両親に相談して、独立させてもらうらしい。

「はぁ〜もう終わりだなんて信じられない。帰りたくないな〜」

しんみりと感傷的になるシャオユーに、私たちは笑みを深める。

「香港へ帰る！って言ってたのに。そんな気持ちになってくれて私たちはうれしいわ」

「うん……アンナとカズネのおかげよ」

最初の頃のシャオユーとは違って、素直になった彼女は私たちにとってかわいい妹みたいな関係になれた。

「ホント、明日お別れだなんて悲しいわ」

私の言葉にふたりは大きくうなずき、私たちは瞳を潤ませた。

その夜は街のリストランテを学校が貸し切りにし、カリキュラム修了パーティーが行われた。学校関係者や講師、見学させてもらったコーヒー工場の経営者らが集まり、受講生全員を祝ってくれる。

バリスタコースの十四名は明日、自分の国へと帰っていく。イタリア人も六名いたが、そのほかは世界中から学びに来ていた。

リストランテでワインやビールを飲みながら料理と会話を楽しみ、とても賑やかだ。私もデキャンタから注がれた赤ワインを口にして、いろいろな言語が飛び交うのを聞いてときどき話に加わる。

みんなと仲よくなったので、明日の別れがつらい。十三人全員と連絡先を交換したので、またどこかで会えたらいいなと思う。

三カ月前とはガラリと変わった生活だったな。思いきって短期留学してよかった。たくさんのことを学び、いろいろなものを体験して、自分の人生がこんなに明るく思えたことは二十七年間生きてきてなかった。

やる気になれば、なんでもできる。ここを訪れて自信がついた。

翌日。寝不足だったが、起きてすぐ退室の準備を始める。

昨晩はリストランテから戻ってきてもみんな離れがたく、談話室で二時過ぎまで別れを惜しんだ。

名残惜しいがキャリーケースをふたつ引き、一階のホールへ歩を進める。アンナは夕方の便、シャオユーは夜便で帰国するので、一緒にテルミニ駅まで向かう。

先にホールで待っていると、受講生たちが集まってきた。別れの挨拶をしているうちに、アンナがキャリーケースを引きながらやって来た。それからすぐシャオユーも。

「眠いわ」

シャオユーは眠気とここを去るので元気がないように見える。

「昨日は楽しかったわね。シャオユー、香港と日本は近いわ。必ず会いに行くから。アンナも元気でね。いつかまた会いましょう」

「学生の頃を思い出しちゃったわ。もうだいぶ昔のことだけど。本当に楽しかったわ。ふたりと知り合えてよかった」

アンナは笑顔でシャオユーの肩を抱き寄せて、手のひらでポンポンと元気づける。

私ともハグをして、三人でも抱き合った。

頼んでいたワゴン車が到着し、六つのキャリーケースを入れて乗り込み、フィレンツェの駅へ向かった。

テルミニ駅でフィウミチーノ空港へ向かうふたりと別れて、二カ月前に泊まったホテルへ足を運ぶ。

とうとうふたりと別れちゃったな……。

気の合ったアンナとシャオユーと離れてしまい、寂しさに襲われた。

でも、いつでも連絡し合えるんだし、この二カ月間の経験を糧に未来へ進まなくちゃね。

ちょうど旅行客のチェックインで忙しいフロントカウンターに並んで待つ。少し待ってチェックインを済ませ、前回と同じスーペリアクラスの部屋に入ったと思ったら豪華な内装に気づき、入口で固まる。

「この部屋……よね？」

持っているカードキーを入れた紙のケースには、しっかりこの部屋の番号が書かれてある。

高額な金額を請求されたりでもしたら後の祭りなので、ベッドサイドテーブルの上にある電話でフロントへかけた。

部屋は正しいのか確認をすると、二度目の宿泊でアップグレードされてデラックスルームになっており、先ほどは忙しかったため伝え忘れていましたと言われた。

通話を切って、ホッと胸をなで下ろす。

「うれしい～人生で初めてのラグジュアリーな部屋だわ」

ベッドはキングサイズで、バスルームとは別にシャワールームがあり、スーペリアの部屋とは違って豪華だ。

安堵したら眠くなってきた。

列車では、もうすぐ離れてしまうと思ったら時間がもったいなくて眠らずにずっと話をしていたので、もう少しで電池切れだ。

少し寝よう。

ベッドに近づきそのまま倒れ込むようにしてうつ伏せになると、眠りに引き込まれていった。

電話が鳴っている……。

ハッと目を開けてみると、部屋の中はベッドサイドのライトだけがついていて薄暗かった。

ベッドサイドの受話器を急いで取って耳にあてる。

「ハロー」

《大丈夫か？　スマホに何度も連絡したんだが既読にもならなかったから》

有栖川さんだ。

「わっ、すみません！　部屋に入ったら寝ちゃって。今何時——」

《もうすぐ六時になる。これから食事へと思ったが、疲れているなら明日にしようか？》

「い、いいえ。もうたっぷり眠ったので行けます！」

私の意気込んだ声がおかしかったのか、電話の向こうで彼の笑い声がする。

《では、七時にロビーで》

通話が切れた。

受話器を置いて、足もとに置いたショルダーバッグからスマホを取り出してみると、有栖川さんからのメッセージや不在着信が表示されていた。

金曜日の夜に食事の約束をしていたのに連絡がつかなかったら、心配するわよね。

「のんびりしていられないわ。シャワーを浴びてシャキッとしよう」

キャリーケースのひとつからペールブルーのワンピースとランジェリーを出し、ベッドの上に置いてバスルームへ向かった。

約束の五分前に支度を終えて、ロビーへ下りる。

有栖川さんは柱のところに立って待ってくれていた。足早に近づく私に、彼もこちらへ歩を進めてくる。

仕事帰りみたいで、黒のカシミアのロングコートを着ていて、足もとはスーツのスラックスが見える。そんな姿を見るのは初めてで、見惚《みと》れてしまいそうになる。

「お忙しいのにありがとうございます。ナポリではご迷惑をおかけしました」

にっこり笑って軽く頭を下げる私に、有栖川さんは口もとを緩ませる。

「いや。その後、足首の調子は？」

「完璧です。すばやい対応をしてくださったおかげです」

「それはよかった。今日はなにが食べたい？」

「最初に連れていっていただいた、この近くのイタリアンリストランテへ行きたいのですが」

料理がとてもおいしかったので、また行きたいと思ったリストランテだ。

「わかった。そこへ行こう」

有栖川さんに促され、ホテルのエントランスドアを出た。

今日から十二月、ローマもすでに真冬だ。東京と寒さは変わらない感じだが、持ってきた薄手のコートでは耐えられないので、ワンピースの上にフィレンツェで買ったブラウンのカーディガンを羽織っている。

学校の話をしているうちに、目的のリストランテに到着した。

有栖川さんの姿に店主が破顔して抱きつく。そして、私に向かって早口で挨拶しテーブルに案内してくれた。

「また来てくれてうれしいと言ってくれたんですよね?」

「ああ。そうだ。すごいな。わかるようになったのか」

「二カ月間もいるのに、少しくらい習得しなくてはもったいないですから」

「そうだな」

私たちは案内された四人掛けのテーブルで向かい合って座り、有栖川さんはメニューを私に差し出す。

そこで私がプレゼントしたネクタイをしてくれていたことに気づく。

「ネクタイ、わざわざ身に着けてくれたんですね」

「似合うだろう?」

有栖川さんは得意げにネクタイに触れる。

「似合うと思ったから選んだんですよ。でもネクタイをしているところを見られてうれしいです」

そう言って、私たちは笑い合う。

「なにがいい？」

「前回と同じ料理が食べたいです」

「わかった。飲み物はグラスワインだったと記憶しているが、この赤ワインがおいしいからボトルで頼もうと思うんだ。どうだろうか？」

「そうしましょう」

今日は学校修了のお祝いとして飲みたい気分だった。

オーダーを済ませ、テーブルにムール貝のワイン蒸しや生ハムサラダが並んだ。

有栖川さんが赤ワインのボトルを持ってグラスに注いでくれる。それからグラスを手にして軽く掲げる。

「修了おめでとう。サルーテ」

サルーテ、昨晩何度も口にした乾杯の言葉だ。

「ありがとうございます。とてもいい経験でした。素敵な友人たちにも恵まれました」

仲のいいアンナとシャオユーのふたりのことをナポリへ行ったときに話していたので、最近の様子も話す。有栖川さんはグラスを傾けながら、麗しく顔を緩ませてうなずいた。

楽しくて、有栖川さんとグラスをコツンと合わせてからひと口飲む。彼も飲んでから、お皿に取り分けてくれる。

「このムール貝のワイン蒸しは、最高です。いただきます」

貝から身をはずして食べる。

「んー、おいしい～。あ、これ見てください」

スマホをショルダーバッグから出して写真を見せる。ラテアート選手権のときのものので、画面にはリーフとスワンが描かれたカップがある。

「綺麗に描けているじゃないか。リーフは葉のバランスが絶妙だし、スワンの方はさらに繊細だな。とても美しい白鳥だ」

「そう言ってもらえてうれしいです。ラテアート選手権、受講生の十四名で競ったのですが、基本と自由の二種目両方で優勝しました」

「それはすごい。将来有望だな。作ってもらうのが楽しみだ」

「ぜひ、有栖川さんが帰国したときには来てくださいね」

「ああ。リーフもスワンも、両方注文させてもらうよ」

生ハムサラダも口へ運び、赤ワインを飲む。料理がおいしいので、ついグラスに手が伸びる。

やわらかいステーキも赤ワインにぴったりで、いつもよりも飲んでいる。

ふぅ～と吐息を漏らすと、有栖川さんが身を乗り出して私を見やる。

「大丈夫か？　ピッチが速い。酔ってる？」

「酔ったように見えますか？」

保護者のような彼に、クスクス笑いが込み上げてくる。

「見える」

「えー、まだまだですよ。これから手長エビのリゾットやカルボナーラも食べるんですから。まだ飲み足りないくらいです」

テーブルに頬杖をついて、イケメンの顔を負けじと見てにっこり笑う。

もうこれで会えないのだと思うと、最後くらい今までの殻を破って自由奔放に振る舞いたくなる。

そこへ店主がリゾットを運んできて、有栖川さんは同じワインを頼んだ。

ふたりの会話を聞きながら、私も少しはわかるようになって進歩したことに喜びを感じる。

でも、いつまでもローマにいられない。帰国して必要な資格を取らなくてはならないし、物件探し、そして開業のためにローンを組まなくてはならないしと、やることはてんこ盛りだ。

でも今日だけは楽しく、有栖川さんと過ごしたい。

コルクが抜かれた赤ワインのボトルがテーブルに置かれ、私がそれを手にして彼のグラスを満たす。

「ちゃんとできているでしょう？　まだ酔ってませんから」

本当のところはふわふわしているので、酔い始めている。

アンナとシャオユーと一緒のときも楽しかったが、惹かれている有栖川さんが目の前にいて気分が高揚している。

「有栖川さんも飲んでください。強いですよね。酔ったりするんですか？」

「俺だって酔うさ。楽しい酒はどんどん飲める」

「ですよね～楽しくて仕方ないです」

笑みを浮かべて同意し、グラスを口へ運ぶ。

「楽しくて仕方ないのは、もうすぐ日本へ帰れるから？」

「え？」

突然の質問の意味がわからず、グラスを持ったまま動きを止める。

「二カ月日本を離れてホームシックになったんじゃないか？」

「ふふっ、ホームシックになんてこれっぽっちもなっていませんよ。むしろ、もう帰らなくちゃならないので寂しいんです。でも、帰国していろいろ進めていかないとなって」

「ああ。君には素敵なカフェをオープンさせる夢があるんだ。これから楽しいじゃないか」

カフェを開く夢はやり遂げたいけれど、もう有栖川さんに会えなくなるのは寂しい。もし彼が出張で日本へ戻ることがあっても、私のために時間を割いてくれるとは限らない。

「どうした？」

「え？　いいえ。そうですよね。がんばって夢を叶えなきゃ。もうすでに新しい人生を楽しんでいますし」

そこへ、熱々のカルボナーラが運ばれてきた。

このおいしいカルボナーラの作り方が知りたいな。でも、きっと秘密だろう。けれど、だめもとで有栖川さんに通訳してもらおうかな。

「あの、このカルボナーラの作り方を教えていただけるか、聞いてもらえませんか？だめなら仕方がないです。でも聞くだけでも」

「カルボナーラの？」

「はい、カフェで軽食を出せたらなと思ったんです。このカルボナーラは最高なので」

「わかった。聞いてみよう」

有栖川さんは店主を呼んで、聞いてくれる。

心の中ではきっとだめだろうと思っていたが、店主はうれしそうに顔をほころばせてうなずいてくれる。

「材料の分量を教えてくれると言っている」

「最高です！」

「彼女もそれほど気に入ってくれてうれしいと、喜んでいるよ」

私は立ち上がって店主に「Grazie mille」（非常に感謝しています）とお礼を伝えると、おおらかに笑って抱きしめられた。

「もうサイコーの気分！　カルボナーラのレシピをゲットできたのは、有栖川さんのおかげです！」

「転んでまた足を痛めるぞ」

有栖川さんはリストランテを出たところから、ふらつく私を見かねて支えながら歩いてくれている。

「あっ！　あのときは、ホントーにありがとうございました」

立ち止まり、彼に向かって頭を深く下げた。

「すっかり酔っ払いだな」

「う〜ん酔ってないですよ。今夜は楽しくてまだ終わってほしくない気分なんですっ」

酔った頭でももうすぐホテルだとわかっている。

これで有栖川さんとお別れだと思ったら、急に気持ちが沈んでくる。

この腕をほどいてほしくない。

歩行が心もとない私を支えて彼がホテルのロビーに進む。ここでお別れなのだと思っていると、エレベーターホールに向かっていく。部屋まで送ってくれるようだ。

酔っていなかったら、ロビーでいいですと言っていたかもしれないけれど、今はまだ腕が離されないことがうれしい。

でも、もうじき彼は帰ってしまう。

エレベーターに乗り込んで、何階か聞かれて教えると、私たちだけを乗せた小さな箱は上昇した。

ドクンドクンと脈打つ鼓動が、寄り添うようにして立ち肩を抱いてくれている有栖川さんにも伝わってしまいそうだ。

私はなんで心臓を暴れさせているの？

それは、彼の腕の中にずっといたいという気持ちに襲われているからだ。

上昇するインジケーターへ視線を移したとき、到着音がしてドアが開いた。

「ほら、行くぞ」

支えられているのにのろのろ歩くので、ふいに有栖川さんが立ち止まる。

「大丈夫か？　気持ち悪い？　吐きたい？」

言葉が出てこなくて、首を左右に振る。

「じゃあ、眠くなったんだな」

そう言って笑みを漏らして廊下を進み、私が教えたドアの前で立ち止まる。

「鍵は？」

ショルダーバッグのファスナーのついたサイドポケットからカードキーを取り出したところで、有栖川さんがドアに差し込んで開けてくれる。

私を一歩室内へ進ませた彼は「じゃあ」と言った。

彼は簡単に去っていく……いやっ、まだ別れたくない。

「あ、有栖川さん」

彼の袖を掴んで引き留める。

「どうした？」

「もう少し……一緒にいたい。あ、む、無理だったらいいんです。もう少し飲みたいなって」

酔った勢いでつい本心を口にしてしまった。

「俺もまだ離れたくない。だが、そうなったら理性を抑えられるかわからない。考え直すなら今のうちだ」

有栖川さんも同じ気持ちでいてくれたのだ。彼の言葉が勇気になって、首を左右に振る。

「かまいません」

有栖川さんの手が私の手を掴む。指と指を絡ませるような握り方で引き寄せられ、心臓がドクンと跳ねる。

有栖川さんは私を抱きしめ、喉の奥から振り絞った声を漏らした。

彼は体を少し離して、熱情のこもった目で見つめる。黒い瞳に引き込まれそうで、胸の高鳴りが激しくなる。

「送りオオカミにならないよう必死に抑えていたのに」

「抑えていた……？　本当に？」

「ああ。君に惹かれている。初めて会ったとき、君はとても申し訳なさそうで優しい人柄だとわかったし、ローマ観光を心から楽しんでいる姿に惹かれた」

本当に私に惹かれてくれている……？

喜びに震えた次の瞬間、一歩近づいた有栖川さんの腕に抱きしめられていた。そして荒々しく唇が塞がれる。

彼の唇に早くも翻弄される私の耳に、ドアの閉まる音がした。

唇を割って入った舌が、私の舌を追って情熱的に絡ませられる。

巧みなキスに脚の力がなくなっていき、その場に崩れ落ちてしまいそうだ。

そうならないようにギュッとコートを掴んだ直後、私の体が抱き上げられた。お姫様抱っこで宝物を置くみたいにベッドの端に座らされる。

霞《かすみ》がかかったようにぼんやりする意識。

それでも有栖川さんがコートを脱いでいるのを見て、自分のコートの袖を抜き取る。

「後悔しないか？」

体を重ねたとしても、これから離れ離れになって会えないのだからと念を押しているのだろう。

「……絶対にしないです」

有栖川さんに抱かれたい。愛されたい。そんな思いしかなかった。

彼はスーツのジャケットを脱いでうしろのソファの上に放る。

瞳と瞳を絡ませながら服を取り去っていくが、私は酔いの回った気だるさでコートとカーディガンを脱ぐのが精いっぱいだ。

そんな私に彼はふっと口もとを緩ませ、腰を折ると唇を重ねた。

「んっ……」

すぐに彼とのキスに夢中になって、全身が敏感に反応していく。

有栖川さんが私の横で片膝をベッドにのせると、ギシリとスプリングが音を立てた。

淫らな口づけを喉もとに落とし、彼は私を組み敷いた。

想像していた以上の見事な肢体を目《ま》のあたりにして息をのむ。

着やせする、鍛えられた上半身裸の肉体美だった。

「すごく……綺麗です」

なめらかで引きしまった胸に思わず手を伸ばすと彼は微《かす》かに呻《うめ》き、体を密着させる。

胸の辺りに触れていた私の手は彼の背中に回った。彼は再び私の唇をもてあそび、舌に絡みついたりして口腔《こうくう》内を蹂躙《じゅうりん》していく。

体の疼《うず》きは今まで感じたことのないくらいで、早く彼に愛されたい欲求に駆られている。

着ていた服はすべて取り払われ、一糸まとわぬ姿を彼の目にさらした。

「綺麗なのは君の方だ。和音。伊吹と呼んで」

なんて甘い声なの……。

最高級のチョコレートを口に入れたときみたいに満たされる。

私の名前を憶えてくれていたこともうれしい。ずっと名字だったから。

名前を呼ばれて胸がキュンと締めつけられた。

「伊吹さん……愛して」

初めて呼ぶ彼の名前は、ずっと呼んでいたように心地よく感じた。

「愛してる。会うたびに思いは募っていたよ。和音、俺に君を愛させてくれ」

彼の大きな手のひらに張りつめた胸が包み込まれる。

繊細な触れ方に、声が漏れそうになった口が甘く啄《ついば》むように塞がれた。

今だけ……これから先のことなんていっさい考えずに、ただ……愛されたい。

いつもと違う……ベッドに誰か……。

ハッと目を覚まして、こちらを向いて眠っている有栖川さんに一瞬ギョッとなった。

そこで、昨晩どんなふうに体を重ねたのかを思い出して息をのんだ。

私……有栖川さんと……。

彼の体力はハンパなくて、私は何度も高みに持っていかれた。今まで得られたことのない最高の絶頂は飽くことなく訪れた。

有栖川さんのほんの少し開いた唇を見ていると、キスがしたくなる。

本当にかっこよくて、素敵な人……。

もうすぐ帰国をしなければいけないとわかってはいるものの、深い関係になってさらに離れがたくなっている。

やるせない思いで、何度もキスされた下唇をキュッと噛《か》む。

今だけは……甘えたい。

首を伸ばして、有栖川さんの唇にそっと唇を重ねる。すると彼のまぶたが開いて、漆黒の瞳を覗かせた。

「朝から俺を襲うつもりか？」

口もとを緩ませる表情が官能的に見えるのは、素肌の上半身が露出しているせいだろうか。

「ふふっ、襲っちゃおうかなと思っていたところです」

彼の胸に手のひらを置いて体を寄せる。

「オオカミは和音の方だったか」

麗しく微笑する有栖川さんは寝起きとは思えないくらい素敵だ。逞《たくま》しい胸に頬をのせて、少し伸びたひげを指先でなぞる。

「有栖川さんはきっとひげを伸ばしてもかっこいいですね」

より近寄りがたく、ダンディな雰囲気になりそうだ。

「有栖川さん？　名前を呼んでくれていただろう？　もしかして、酔っぱらっていて俺と寝たことを忘れた？」

「忘れるわけないじゃないですか」

見つめる漆黒の瞳に私が映っている。だんだんぼやけていって、官能的に緩ませた唇が私の唇を甘く食《は》んだ。

「では俺の名前は？」

「伊吹……さん」

「呼び捨てでいい。昨晩も何度も言ったのに〝さん〟づけだった。俺は和音から伊吹と呼んでほしい」

「……なんだか駄々っ子みたいですよ」

笑みを漏らすと、私の鼻が軽く摘まれる。

「男は好きな女の前では駄々っ子にもなる」

好きな女の前……。うれしい。

摘まんだ指から唇に代わって、ちゅっと鼻の先にキスが落とされた。

「かわいい一面もあるんですね。でも、呼び捨ては慣れないです。じゃあ、伊吹さん。起きましょう。今日は忙しいんですから」

本当はこのままベッドでじゃれ合っていたい。時間の許す限り、蜜のように甘美な時間を過ごしていたい。

伊吹さんがからかうように口をゆがめる。

「忙しい？」

「家族や友人にお土産を買ってないんです。今日は買い物をしなくちゃ」

「店はまだまだオープンしない」

そう言った彼は私の背中をシーツに押しあて、覆いかぶさる。

音を立てて吸いついては舌でなぞられるキスに、胸の頂《いただき》が触れてほしいと主張したとき、その頂が長い指でもてあそばれる。

「ふ……ぁ、ん……っ……」

伊吹さんの指がおなかからすべるように下腹部へ下りていく。熱く潤ったところへ指がたどり着く。

「もう俺を受け入れる準備ができている」

「ぇ……そ、そんなこと……ぁん……」

乱れた髪に指を差し入れて、筋肉質の素肌に体を密着させ、鎖骨の辺りを唇と舌で味わうように触れた。


私たちが外で食事を取れたのは、お昼を回った頃だった。週末でどこも混んでいたが、おいしそうなメニューのあるカフェへ入った。

遅くなったのは、ホテルから伊吹さんの自宅へ行き、彼が着替えたのもある。彼に俺の家へ泊まればいいと言われ、ホテルの部屋をチェックアウトした。キャリーケースなどの荷物を再び伊吹さんの家へ運び、ようやくカフェにやって来られたのだ。

体力を消耗し、おなかがくっつきそうなくらい空いていた。それでも私たちはいつまでも離れがたく、甘やかで退廃的なセックスを享楽した。

「和音、手を出して」

テーブルに着いてオーダーを済ませると、対面に座る伊吹さんが手をこちらに差し出す。

「こ、こうですか?」

差し出す意味がわからずに、手のひらを上にして彼の方に伸ばした。

すると伊吹さんが笑う。

「俺に手相を見ろって? 違う。こうだ」

彼は私の手を握った。カフェのテーブルの上で互いの手を絡ませ合うなんて、いまだかつてしたことはない。

ひと晩一緒に過ごした伊吹さんは以前とは別人のように糖度高めで戸惑うが、うれしい。彼は私を本物の恋人のように扱ってくれている。

彼と一緒にいると笑顔が絶えなくて、素の自分をさらけ出せる。

ソイラテとエスプレッソ、生ハムがたっぷり挟まれた顔くらいありそうなパンがふたつと、生クリームとチョコレートソースたっぷりのパンケーキが運ばれてきた。

私たちは大きなパンにかぶりつく。

「買い物って言っていたよな? どんなものを?」

「妹のリクエストでショルダーバッグを探したいんです」
二、三十代に人気のあるブランドを口にする。

「赤ちゃんがいるので、両手が使えるように肩からかけるバッグが欲しいらしくて。長く持ってもらえるようなものをお土産にしたいなと」

婚約破棄の件では心配をかけてしまったから、喜んでもらえるものを選びたい。

「それならスペイン広場の近くだな。食事を終えたら行こう」

「はいっ」

次の目的が決まって笑みを深めた私の顔の前に、食べやすいように切られたパンケーキが差し出され、できるだけ大きく口を開けて頬張った。

伊吹さんがいてくれてよかった。結構な荷物になってしまい、もし私がひとりで両手に持っていたらシャオユーのときのようにスリや置き引きに遭うかもしれない。

「一度、家に荷物を置きに行こう」

もうそろそろ陽が落ち始める時間だ。

「伊吹さんがいてくれて助かっちゃいました。あとは空港の免税店で買えば大丈夫だと思います」

「荷物を置いたら夕食に出かけよう」

「はいっ、もうおなかがぺこぺこです」

四時間くらい前に食べたのに、あちこち歩き回ったからもう空いている。

「俺もだ」

伊吹さんはタクシーを拾い、私を乗せるとリストランテへ向かった。

夕食は伊吹さんがおしゃれな高級リストランテをセレクトしてくれようとしたが、ここにいられるのもあと二日なので、昨晩のリストランテへまた行きたいとお願いした。彼はあきれたように笑ったが「いいチョイスだ」と言ってくれ、二日連続で食事に行くことに。

目の前に好きな人がいればおいしくない料理もおいしいと感じるはずだけれど、そんな心配はいらない最高のリストランテだ。

いくつかのメニューを変えて昨晩のように楽しく過ごし、彼の部屋に戻って再び伊吹さんに抱かれた。

翌日は夕食に前回案内してもらった日本料理店へ行くことを決めて、朝食と昼食を兼ねた食事を近くのカフェで済まし、それまでベッドやバスルームで愛される極上の時間をともにした。

鏡の前でリップを塗ったところで、うしろにやって来た伊吹さんに振り返る。

「和音、向こうを向いて」

肩を触れられてもとの位置に戻される。

キョトンとなって鏡の中の伊吹さんを見ていると、首にひんやりしたペンダントがつけられた。

喉もとよりも少し長めのゴールドチェーンのトップに、天使のコインがついている。

「こ……れは？」

おそるおそるコインに触れて、目を丸くさせる。

「俺たちが出会った記念だ。これなら仕事のときも邪魔にならずにずっと身に着けていられるだろう？　リングよりも和音にはふさわしいと思ったんだ」

彼の気持ちに心が躍り始める。

「伊吹さん……」

振り返り、微笑む彼の胸に飛び込んだ。

「ありがとうございます。素敵なペンダント……いつの間に？」

「君になにかプレゼントしようと選んでおいたんだ。これは俺たちが関係を持ったからではなく、純粋に記念になるものをと考えた。毎日身に着けてくれているとしたら、これを見れば俺を思い出してくれるのではないかと思った」

「日本へ帰っても……毎日思い出していいの？」

私たちの関係はもうすぐ終わると思っていた。でも、そうじゃない……？

「ああ。ナポリへ行った夜、俺の家で君がすぐそばにいたのに、見守るだけで正直苦しかった」

「私もです。ずっとそばにいたい気持ちでした。き、帰国したときは会いたいです」

彼を大好きになってしまったが、関係を持ったことで責任を感じてほしくなくてそう言った。

「もちろん……俺たちは出会ったばかりだ。これから遠距離恋愛になる。ときどきは会えるだろうが。今は君を好きだという気持ちを大切にしたい」

なんて真摯に考えてくれているのだろう。

今の状況、私たちの恋愛は難しい。けれど、しっかり愛を育めば将来そばにいられるかもしれない。

イタリアに向けて飛行機に乗ったときは恋愛なんてもういいと思っていたのに、今では伊吹さんの魅力に抗えない。

「私も好きな気持ちを大切にしたいです」

もう一度彼の腰に腕を回して抱きつくと、おでこに唇があてられる。それから少しずつ唇が下りてきて、鼻先、頬、そして唇が甘く塞がれた。

先日も一緒に行った日本料理店で、彼とカウンターに座って最後の夕食を味わう。

「明日、帰国ですか……。二カ月なんて、あっという間でしたね」

カウンターの中の板さんが料理の手を止めて、小さくため息を漏らす。

「はい。その間いろいろなところへ出かけたんですよ」

隣に座る伊吹さんはおちょこで熱燗《あつかん》を喉に流し込んでいる。

伊吹さんには仕事があるから、早朝までが私たちの残された時間だ。

「せっかくいらしているんですし、どんどん出かけた方がいいですよ。イタリアはたくさんの観光地があって素晴らしい景色ですから」

そこへ、今日もクリーム色の小紋を身に着けた女将のあやさんがお盆を持ったまま現れて口を開く。

「そんなことを言ってるくせに、ローマから出たことがないんですよ」

「お店がお忙しいんですね」

「まあ、軌道にのせるまでは大変でしたよ。本当に伊吹さんをはじめ、大使館の皆様にはごひいきにしていただいています」

異国の地でお店を開くのは並大抵の努力では叶えられないだろう。伊吹さんのそばにいたいからといって、ローマにカフェをオープンさせるなんて考えられないもの。

今日は熱々の串揚げを食べていて、それをつまみに飲む熱燗がよりいっそうおいしく感じられる。

今度会えるのはいつなのだろう……。

カフェを開くためにやることはいっぱいで忙しくなるし、オープン後はますます自由がきかなくなるだろう。

そう考えると、泣きたくなった。

今は残された時間なんて考えないようにしなきゃ。しんみりしてしまう。

自分を叱咤《しった》し、おちょこに口をつけたとき、右隣の伊吹さんの隣に誰かが立った。

「伊吹さんっ！　ここでお食事だったのね」

高揚したような女性の声がした。

彼は驚いた様子もなく、女性を見やる。私のところから伊吹さんの表情が見えない。

「凛々子《りりこ》さんもですか。では、大使も？」

「いいえ、友人と待ち合わせをしているの。さっきコンサートが終わって」

凛々子さんと呼ばれる女性へ視線を向けると、彼女と目が合う。

年齢は私と同じくらいに見える。見るからにセレブな雰囲気の漂う綺麗な女性だ。ブラウンの髪をハーフアップにして毛先を巻いており、ショルダーバッグのような、恐らく楽器ケースを肩から下げている。

「そちらは？　大使館の方……？」

「いえ、恋人です」

恋人と紹介されてうれしさで顔が緩みそうになるところをこらえて、立ち上がり「岬と申します」と頭を下げる。

凛々子さんはびっくりしたような表情をサッと隠し、にっこり笑う。

「田辺《たなべ》凛々子です。伊吹さんには父がお世話になっています」

彼女の言葉の意味がわからなかったが、すぐに伊吹さんが「大使のお嬢さんなんだ」と教えてくれる。

「お世話になっているのは私の方です」

〝俺〟から〝私〟に変えている。上司の娘なので礼儀正しく接しているようだ。

そこへドアが開き、若い外国人の女性が入店した。

「あ、カリーナが来たわ」

背の高いふくよかなブロンドの女性は、私たちよりは年齢が上に見える。

「カリーナはオペラ歌手なの。伊吹さん、紹介するわ」

そばにやって来た女性に田辺さんが流暢なイタリア語で話しかけてから、立ち上がった伊吹さんに紹介しているような身振り手振りを加える。

三人はイタリア語で会話し、田辺さんとオペラ歌手は奥の四人掛けのテーブルへとあやさんに案内されて去っていく。

「食事を中断させてしまってすまなかった」

「いいえ……あ、つくね食べたくないですか？」

お手製のお品書きにあるつくね串はお弁当に入っていておいしかった。

「そうだな。大将、つくねをください」

「かしこまりました！　少しお待ちください」

ふいに伊吹さんがポケットからスマホを取り出して、相手の名前をサッと確認する。

「すまない。つくねが来たら食べてて。外で話してくる」

「はい」

伊吹さんは席を離れてドアの向こうに消える。

私もお手洗いに立ち、奥の通路へ歩を進めていると――。

「岬さん」

背後から田辺さんに呼びかけられて足を止めた。

「田辺さん、どうしましたか？」

なぜ呼び止められたのか不思議で、首をかしげて彼女を見つめる。

「端的に話します。伊吹さんの恋人だとお聞きしましたが、あなたの存在を今まで知りませんでした。父は私と伊吹さんの結婚を望んでいて、彼の両親とも話が進んでいます」

伊吹さんと彼女が……。

「あなたは良家のお家柄でしょうか？ 伊吹さんのおじい様は旧防衛庁長官、お父様は現在警察庁長官でいらっしゃるの。遠くは武家の由緒正しいお家柄よ」

伊吹さんの実家に驚きを隠せない。

彼は家族の仕事のことは話してくれた。嘘はついていないけれど、そんな重要人物だったなんて……。

「知らなかったの？ それならたいした関係ではないのね。伊吹さんが前回ここに女性を連れてきたと、あやさんから聞いていたの。二カ月間バリスタの勉強をしに来たとね。でも恋人だなんて驚いたわ。伊吹さんはつまみ食いをしたくなっただけよ。帰国したら二度と彼に連絡しないで。あなたが結婚を夢見るにはお門違いの相手だってことよ」

そうきつく言い放ち、席に戻っていった。

今の内容にぼうぜんとなりながら、レストルームへ歩を進めた。ドアを閉めて鍵をかける。

なぜ、私はショックを受けているの？

伊吹さんと結婚の約束をしたわけじゃない。田辺さんとの結婚の話が彼にいくのはこれからだろうから、騙《だま》されて深い関係になったんでもない。

伊吹さんは最初から誠実だった。

愛は芽生えたけれど、日本へ戻ったらしばらく会えないし、私への気持ちもいつしか消えてしまうかもしれないのだ。

私たちの恋に未来は想像できないのは承知の上だった。

ふと目の前の鏡に焦点をあてる。

悲しそうな顔を前に、プルプルと首を横に振る。

明日、別れるまではどんな思いにも邪魔されずに、ふたりだけの時間を過ごすのだ。

鏡の自分に向かって笑ってみる。引きつっているように見え、頬を両手で回すように動かしてもう一度笑顔をつくった。

カウンター席に戻ると、伊吹さんは戻って大将と話していた。

「大丈夫か?」

「え?」

椅子に座った途端、尋ねられて一瞬返事に戸惑う。

「酔って気分でも悪くなったのかと思ったんだ」

「う、ううん。平気です」

先ほど練習した笑顔を顔に貼りつかせる。

そこへ「どうぞ、つくねです」と、大将が目の前にお皿を置いた。甘めのたれをつけたつくね串が二本のっている。

「ありがとうございます。食べましょう」

つくね串を持って息を吹きかけ、少しだけ冷ましながら口へ運ぶ。

食べていても奥の席にいる田辺さんを意識してしまう。気のせいかもしれないけれど、背中に彼女の視線を感じるのだ。

つくねを半分食べてお皿の上に置いた手の甲に、伊吹さんの手が重なる。彼の顔を見て微笑みを浮かべた。

伊吹さんは私に触れたいと思ってくれている。

「もう少し飲む？」

「ううん。もうおなかもいっぱいだから」

「では、帰ろう」

彼は腕時計へ視線を落としてから、大将にお勘定を頼む。

時刻は二十一時を回ったところだ。会計を済ませ、私は大将とあやさんにお別れの挨拶をして店を後にした。

伊吹さんの部屋の玄関に入ってすぐさま唇が重ねられる。腰に腕が回り強く抱きしめられ、貪欲なキスをしながら、もつれるようにしてソファに倒れ込んだ。

これ以上触れ合ってもつらくなるだけなのに、彼に触れられると拒めないし、愛されたいと思ってしまう……。

舌同士が絡まり合い、痺《しび》れるほどの戯れに夢中になる。

長い長いキスから耳たぶへ唇が移動して、伊吹さんの手は私のコートから服を脱がしていく。

脱がせやすいようにソファの上に体を起こし、私も彼のセーターの袖から腕を抜く。

その間も征服するようなキスはやまない。

「伊吹さん……早く愛して」

葛藤はあるが、彼に抱きしめられたい。

一緒にいられる時間は残り少ないのだ。この先のことはわからない。彼女の話が本当ならもう会うことはない。愛し始めている思いは募り、一分でも一秒でも長く伊吹さんに触れられていたいし、触れていたかった。


空が白み始める。

ローマの日の出は七時を回ってから。十三時のフライトが、刻一刻と近づいてきている。

ペンダントヘッドのコインを触りながら、窓辺に立って明るくなっていく外を眺めていた。そこへ背後から頬にキスが落とされて、コーヒーの入ったカップが渡される。

「ありがとう」

ひと口飲んでにっこり笑う。

「おいしい。コーヒーを入れるのが上手だわ」

「コーヒーマシンが入れてくれるだけだよ」

伊吹さんはおかしそうに口もとを緩ませる。

「空港まで送ってやれずにすまない。大使に呼ばれているんだ」

大使に……結婚の話が進むのかもしれない。

「ううん。いいの。月曜日だもの」

「すまない。本当ならまだ帰るなと引き留めたいくらいなんだ。しばらく和音に会えないのがつらい」

「……うん、私も帰国したくない。でも伊吹さんの気持ちがうれしいからがんばれる」

持っていたカップをセンターテーブルに置いて、伊吹さんの腰に腕を回した。

六、帰国後の体調の変化

「当機はまもなく成田国際空港へ着陸いたします。座席をもとの位置に戻し――」

CAのアナウンスが始まった。それから間もなく機体が下降し、田園風景が見える。

帰ってきちゃった……。

定刻通りの八時二十分にローマからの便は滑走路に着陸した。約十三時間のフライトだったが、ずっと伊吹さんの写真をスマホで見たり、彼のことを考えたりしていた。

こんな状態でしっかりカフェ開業に向けて動けるのかな……。

でも当初の目的をあきらめたらだめ。私は日本でがんばる。生半可な気持ちでイタリアへ行ったわけではないし、夢を叶えなくては。

自分を叱咤激励したところで、周りの乗客たちが座席から立ち上がった。

都内の自宅へ向かうリムジンバスの中で、朱音やほかの家族に到着したことをメッセージで送った。近いうち実家に帰省しようと思っていたが、あと一カ月もしないうちにお正月になる。お土産も腐るものではないし、年末帰ったときに渡そうか。

すぐに朱音からメッセージが入る。

【おかえり〜、首を長ーくして待っていたよ】

朱音が待っているのは私ではなくショルダーバッグだと思う。伊吹さんの通訳のおかげで満足のいく買い物ができたので、気に入ってもらえるとうれしい。

明日お土産を持って遊びに行く約束をして、伊吹さんにも日本に到着して今リムジンバスの中だとメッセージを送った。

ローマは今二十四時頃だ。昨晩ほとんど寝ていなかったから、早めに就寝しているかもしれない。

すると、スマホが伊吹さんのメッセージを着信した。

【おつかれ。リムジンバスの中か。声が聞きたいが我慢するよ。とりあえず無事に到着してよかった】

メッセージまで甘い……。大使の話は結婚の話じゃない？

愛されているメッセージを見て、私も伊吹さんの声が聞きたくなった。

【もう会いたい……伊吹さん、おやすみなさい】

彼へメッセージと〝おやすみ〟のうさぎのスタンプを送った。

約二カ月間離れていた自宅は出ていったときと変わらない。うすら寂しい雰囲気なのは、私の気持ちのせいだろう。

オイルヒーターのスイッチを入れるがすぐに温まらないので、エアコンの暖房をつけた。

「ううっ、寒い……」

あっという間にもうすぐお昼の時間だ。ひとまずキャリーケースの荷物の片づけは後にして食事にしよう。

冷蔵庫は空っぽにして出ていったので買い物へ行かなくてはならないが、棚にカップラーメンを見つけてポットのお湯を沸かした。

伊吹さんと食事をしたときとは雲泥の差で、わびしかった。

翌日。千代田《ちよだ》区のマンションに住んでいる朱音の家へ赴いてお土産を渡し、姪と遊び、ランチをご馳走になって帰宅した。

十五時半過ぎ、食材の買い物を済ませて帰宅し冷蔵庫や棚へしまった後、ひと息つこうとコーヒーマシンに粉と水をセットする。

開業計画をまとめようとパソコンを立ち上げながら、ふとローマは今何時だろうと頭の中で計算する。

朝の七時半だ。時差があるとなかなか電話で話す時間が難しい。

そう思ったところへ、ノートパソコンの隣に置いていたスマホが着信を知らせた。

「伊吹さん！」

画面の名前に驚きながら、画面をタップした。

「もしもし」

《和音、今大丈夫か？》

「もちろんです。伊吹さんはこれからお仕事ですよね？　ちょうど、ローマの時間は何時だろうと計算したところだったからびっくりしました」

《そう。これから出るよ。その前に和音の声が聞きたかったんだ。今日はどうしていた？》

「妹のところへお土産を持って遊びに行ってきました。伊吹さんと一緒に選んだショルダーバッグ、とっても喜んでくれて」

話をしながら、伊吹さんが忙しい朝に電話をかけてきてくれたことに喜びを感じる。

《それはよかったな》

「伊吹さんはよく眠れた？」

《それを俺に聞くのか？　和音が隣にいないのに。抱きしめて眠りたい》

ドキッと心臓が跳ねる。

電話越しなのに、伊吹さんの魅力的な低音が耳をくすぐり体が疼いてくる。

「今度……会えるときまで我慢……ですね」

自分に納得させようと言葉にしたのに、急激に寂しさに襲われる。本音はすぐにローマに飛びたい。帰ってきたばかりなのに……。

《……ああ。もう時間だ。じゃあ、また》

「はい。いってらっしゃい」

軽く返事をした後、通話が切れた。

「はぁ……」

声を聞いても手の触れられるところにいないから寂しい。

ふと、田辺さんのあのときの話がよぎるが、今の伊吹さんの甘い言葉を聞けたら彼の気持ちは私に向けられているのだと確信できた。

数日後の金曜日、可南子と会うため新宿のイタリアンレストランへ向かった。

彼女は退勤後なので、十九時の待ち合わせだ。

先に到着して四人掛けのテーブルで待っていると、店員に案内された可南子が現れた。「久しぶり！」とコートを脱いで、対面に腰を下ろす。

コース料理に決めてオーダーしてから、可南子が口を開く。

「どうだった？　イタリアは」

「最高だったわ。これお土産」

ショッパーバッグを可南子に渡す。

「ありがとう！　開けていい？」

「もちろん」

可南子はうれしそうにショッパーバッグからお土産の品をテーブルに出す。

「わぉ、奮発してくれたの？　欲しかったリップとアイシャドーよ。チョコもおいしそう」

そこへ前菜が運ばれてきて、食べながら留学の報告をする。といってもメインは伊吹さんとのことだ。

キャリーケースを取り違えたことをきっかけにふたりで食事に行ったことや、それからの出来事をざっと話した。

ただ、彼を愛して抱かれたことは話さなかった。間山さんとの破局があったばかりなので言いづらかったのだ。

「その彼、間山さんよりもずっといい男じゃない。しかも防衛駐在官だなんて、レベチよ。比較にもならない。正直うらやましいわ。どうしてものにしなかったの？　写真は？」

「ものにって……」

スマホを出して写真を見せると、可南子は絶句した。

「こんなに素敵な人があちこち一緒に観光してくれたなんて……」

その後、ポンペイでスマホを奪われたときの話をすると、可南子は「かっこよすぎる……ドラマのヒーローみたい」とため息をついた。

年末年始は実家で賑やかに過ごし、東京に戻ってきた。

大使館も数日は休みだが、お正月だからと帰国することはなく、休日はのんびりしていると言っていた。

会いたい……。

ローマを離れて一カ月が経ったが、日に日に彼を想う気持ちは強くなっている。

肌身離さず身に着けているペンダントのコインに無意識に触れる。それが毎日の癖になっていた。

それにしても、いつもならこの時間はまだ起きているのに眠くて仕方ない。

風邪ひいちゃったかしら……。

咳《せき》や喉の痛みはないが、体がだるく感じる。

一月に入りもう十日が経つ。

伊吹さんからは新年の挨拶程度のメッセージが送られてきただけだ。

毎日なにかしら忙しいのかもしれない。

それでも声が聞きたいと思う。テレビ電話で顔が見たい。

油断すると憂鬱な気持ちに襲われるので、気持ちを奮い立たせてパソコンを立ち上げる。早く開業計画をまとめなくては。

毎日ニュースやエンタメニュースも情報収集のため読むが、見たことのある女性の写真が小さくあって目を留めた。この人は田辺さん……?

そこをクリックして出てきた記事を読む。

【海外でフルート奏者として大活躍中の田辺凛々子さん、婚約を明かす。お相手は大使館に勤めるI・Aさんで、由緒正しい家柄の男性と大使を父に持つ彼女の結婚は両家も大変喜んでいる】

まさかこれは……伊吹さんのこと……？

イニシャルはぴったりはまり、由緒正しい家柄も合っている。

日本料理店での田辺さんの言葉がまさに本当に……？

胸がズキッと痛みを覚えて、顔がゆがむ。

すると突然吐き気が込み上げてきて、右手で口を押さえ急いでトイレへ駆け込む。

「ううっ……」

胃の中のものを全部吐いた気がするのに、気分はよくならず、立ち上がると貧血のような状態に襲われてすぐに動けない。どうして……。

食中毒になるようなものは食べていない。朝食はホットココアとバターを塗ったトーストだけだ。

え……？　そういえばいつもコーヒーを飲みたくて仕方ないのに、今日は飲みたくなくてホットココアにしたのだ。どうしたんだろう。

そこでハッとなる。

「……生理は？」

突として考えられる原因に、フラフラしながら部屋に戻ってスケジュール帳を確かめる。

前回の生理は……十一月で、十二月には記入がなかった。

もしかして、私は妊娠を？

不安に駆られながら近くのドラッグストアへ行き、妊娠判定キットを買って戻ってきた。心臓を暴れさせ、手のひらに嫌な汗をかきながら妊娠判定キットを使う。

どうか、妊娠じゃないと……。

伊吹さんとの恋愛は不確かなもので、先ほど彼は田辺さんと婚約したとあった。

私を気にかけてくれ、好きだと言ってくれていた。

結婚話はきっと、私が彼のもとを離れた後のことだろう。

私と伊吹さんは結婚を約束したわけじゃないし、彼のような立場の人につり合う女性がいいとも思う。

でも、もしも妊娠していたとしたら……。

頭の中が真っ白になった。

数分後、検査キットに浮かんだ二本線に言葉を失う。妊娠しているの？

私はレディースクリニックを調べると出かける支度をして、コートとマフラーを身に着けて自宅を出た。

隣の駅前にあるレディースクリニックで受診して、自宅に戻ってきた。

コートも脱がずにぼうぜんとベッドの端に座る。

妊娠検査キットの結果は事実で、私のおなかの中に赤ちゃんがいたのだ。

『おめでとうございます。明日から八週に入るところですよ。ふたつの胎嚢《たいのう》がありますので双子ですね』

女医はエコーで確認してそう私に告げた。

耳を疑ってしまったが、女医から差し出されたエコー写真にはたしかにふたつの命があった。

双子……。

手もとのバッグからエコー写真を出して見つめる。

伊吹さんに連絡を……。

彼に話して気持ちを知りたいと考えたが、田辺さんとのこともあるのでもっと考えなければと留まった。

七、シングルマザーになって

「ママー」

朱音の家に子どもたちを迎えに行くと、二歳の大輝と克輝が駆け寄ってくる。

生まれたときは、双子ということもあって未熟児に近い体重のふたりだったが、今は父親の遺伝子を強く受け継いだのがあきらかで、同じ年齢の子どもより少し大きい。

ふたりは二卵性双生児で、体形などはほぼ同じだが、大輝がきりっとした顔つきでイケメンの片鱗《へんりん》を見せ、克輝は目がクリッと大きく、かわいらしい顔をしている。

「だいちゃん、かっちゃん、ただいま〜」

勢いよくふたりは私の脚に抱きついてニコニコ笑う。本当にかわいい子どもたちだ。

「そうしていたらママ歩けないわ」

すると、ふたりは示し合わせたように私の右手を大輝、左手を克輝が握る。

三人でリビングへ歩を進めて、こちらに来ようとしていた皐月《さつき》ちゃんに「ただいま」と声をかける。

三歳の皐月ちゃんは元気に「おかえりなさいっ」と言って、双子と一緒に部屋の隅にあるおままごとキッチンへ行く。

カウンターキッチンの向こうで、朱音が動いていた。部屋の中にカレーの香りが漂っているので、夕食を作っていたのだろう。

「お姉ちゃん、おかえり。おつかれさま」

「ただいま。いつもありがとう。本当に助かってる」

「ううん、いいの。ふたりにさっちゃんと遊んでもらっているから、私は楽なのよ」

朱音が笑みを深める。

「さっちゃんの方が一歳上なんだから、ふたりが遊んでもらっているのよ」

「きょうだいみたいだよね～いつも楽しそうだし。夕食作りもサクサクできるよ」

現在、皐月ちゃんは幼稚園の年少クラス、双子は保育園に通っている。

私の仕事は九時から十七時までなので保育園に迎えも可能なのだが、大抵は朱音が幼稚園の終わりが早い皐月ちゃんと散歩がてら行ってくれている。

「早いね～あと四カ月で三歳なんて」

朱音はアイスウーロン茶をグラスに入れて渡してくれる。

私は家族のおかげで、なんとか双子を無事に出産できた。

あの日、妊娠が発覚しても伊吹さんには伝えられないでいた。

その後も妊娠していることは言えずに他愛ないメッセージでやり取りをする中、彼がローマ大使に同行してミラノ領事館へ出張するとあった。

田辺さんの記事を読んだ際、次回の公演は一月十五日のミラノだと書かれてあった気がして、もう一度確認すると記憶通りだった。

彼女の父親である大使に同行するのは、職務だけではない気がした。でも田辺さんとの婚約のことは伊吹さんには聞けない。聞いてしまったら、私たちの関係は終わってしまう予感がしたからだ。

彼は仕事で帰国した際、簡単に抱ける女性をキープしておきたかったのかもしれない。そんなふうには思いたくないけれど、私は彼のすべてを知っているわけではない。

本当はどんな人なのか、そして私のことを愛していると言ってくれたが、あの状況でどう思っていたのか……ぜんぜんわからないのが悲しい。

悩み続けた一カ月後、レディースクリニックへ検診を受けに行った。待合室に一緒にいる妊婦の奥様と旦那様を見て、伊吹さんがどんな決断を下すかわからないが、妊娠したことを話さなくてはと思った。

しかしその矢先、驚くことに兄が詐欺の加害者になってしまったと知らされた。

友人を信じて宅地建物取引士として土地の売買を手伝ったが、その友人は一億円を持って逃げてしまい、警察が詐欺容疑で兄を逮捕したのだ。

父が一億円を用意して被害者に支払い、友人に騙されていた兄は情状酌量になりひとまずは安堵した。

そんな事件があったことから、伊吹さんに妊娠したことを話して結婚しようと言ってくれたとしても、彼の家は反対するだろうと思った。

おなかの赤ちゃんもおろすように言われるかもしれない。

すべては推測でしかないけれど、すでにおなかの赤ちゃんは愛しい存在になっていて、絶対にそんなことはしないし、守らなければならない。

伊吹さんと決別しなければならない葛藤で、しばらくの間精神的に不安定で、ふいに涙が込み上げてきて食欲も出なかった。

今すぐローマに飛んで、伊吹さんに会いたい。

チケットを取ろうと決心までしたが、どこで私の電話番号を知ったのか、田辺さんから電話がかかってきた。

『犯罪者の兄を持つあなたのような人とつながっているのは、伊吹さんにとって迷惑よ』と言われた。

会いに行く決心は彼女の言葉で消えていった。

本当にそうだ。私のような女を妻にしてはいけない。

伊吹さんには好きな人ができたと一方的にメッセージを送り、すぐにスマホの番号を変えた。

伊吹さんへの想いをきっぱりなくすことはできなかったが、私にはふたりの子どもがいる。子どもたちのおかげで生きがいが得られる。

彼に黙って出産するのは気がとがめるが、父親の正体を明かさなければ知られることはない。伊吹さんのことは墓場まで持っていこうと決めた。

家族に妊娠して産むことを決心したと話すと、私の気持ちを尊重して応援すると言ってくれた。

最後まで父は不満そうだったが、母が生まれたら目に入れても痛くないくらいかわいがってくれるわよと笑ってくれたのが救いでもあった。

家族の支えで妊娠期間を乗り越え、出産予定日より二週早い八月十日に双子の男の子が元気に生まれた。

その後、まずは子どもたちを育てることを第一に考えなければならないという思いで、カフェのオープンはあきらめた。どっちみちしばらくはカフェインを摂取できないので、残念ながら夢を追うのは先の人生にお預けだ。

東京の家を引き払って産後三カ月くらいまで山口の実家で世話になっていたが、兄家族がいるため手狭だった。

両親にも兄夫婦にもこれ以上迷惑はかけられず、実家を出ようと考えていたところへ、朱音から上京を提案された。できるだけ手伝うから近所に引っ越した方がいいと言ってくれて、都営住宅に申し込んだ。一階に郵便局、二階に児童館、三階に集会所がある六階建ての建物で、その五階に住めることになった。

部屋は2DKで、三人で住むには十分な広さだ。双子が大きくなったら考えなければならないだろう。

仕事も同時に探した。働くならカフェ関連がいいなと思って調べていたら、都心に求人しているカフェを見つけることができた。

そんなわけで再度上京し、今は毎日がむしゃらに働き、なんとか母子三人で暮らしている。朱音の手伝いがなければ、日々あたふたしているに違いなかっただろう。

「お姉ちゃん、カレー食べていって。慎太郎《しんたろう》君は明日の朝の戻りだから」

結婚して何年も経っているのに、朱音の旦那様に対する呼び方は変わらない。

神保《じんぼ》慎太郎さんは朱音の旦那様で、私と同い年。消防署に勤務している爽やかで子煩悩な男性だ。休日は子どもたちを公園に連れていって遊んでくれる。

「ありがとう。作らないで済むのは助かるわ」

克輝は偏食気味だけれど、みんなで食べるときはがんばっている。

「子ども用もだいちゃんとかっちゃんがいるから量が作れて、おいしくできるのよね」

その後、ありがたく夕食をご馳走になって、徒歩十分ほどのところにある住まいに帰宅した。

「だいちゃん、かっちゃん、今日もいっぱい遊んだ?」

「うんっ!」

少し顔が汚れているふたりは笑顔でうなずく。

「今日は暖かかったから、汗いっぱいかいちゃったでしょう。お風呂にお湯がたまるまで遊んでてね」

ふたりはリビングダイニングにしている六畳の部屋へ行って、自分たちのおもちゃをケースから出して遊び始めた。

朱音のおかげでまだ十九時三十分だ。これからふたりとお風呂に入り寝かしつけた後、ようやくゆっくりできる。

この間自分へのご褒美にとっておきのコーヒー豆を買ったから、それを入れようかな。ブラックがよさそうね。

そういえば彼はブラックが好きだったっけ。

伊吹さんと連絡を絶ってから、一日たりとも彼を思い出さない日はなかった。好きな人ができたと伝えただけで関係を終わらせたのは私で、まったく連絡が取れなくなり伊吹さんはどう思ったのだろうか。

あの頃は気持ちに余裕がなくて、連絡を絶つのが一番のように思え、彼のスマホの番号は消去した。

でも、写真はどうしても消すことはできなかった。今はUSBに落として、会いたくなったときにパソコンで見ている。

伊吹さんは田辺さんと結婚したのだろうか。

あれから彼女のニュースに結婚の報告などないか調べはしたが、公演や彼女の活躍は書かれてあっても、私生活の話題はなかった。

「ママ、おふろ」

「そうだ、お風呂にお湯を入れていたんだった」

ふたりともお風呂が大好きだし、あまり不機嫌なときがない。育てやすい子どもになってくれていて感謝しかない。

このまま元気に素直に育ってほしいと思う。大きくなったふたりは想像できる。

きっと伊吹さんのように懐の深い、素敵な男性になる。

「ママ、わらってる。どうして？」

克輝が見上げて私に首をかしげている。

「ん？　親バカだなって」

親バカなんて言葉を彼らは理解できないけれど、〝バカ〟に反応してしまい、笑いながら「おやバカ」とふたりで連呼している。

「も、もう、バカは言っちゃだめだからね。ママが言ったのは別の意味だから」

そう言っても、ふたりには理解できないだろう。

ひとつずつおもちゃを持ってお風呂に入る提案をして、気を逸らすことにした。


ふたりを寝かしつけて、そっと移動する。

古い建物なので、部屋と部屋の間の仕切りは襖《ふすま》。でも、少し開けておけば隣の様子がわかるので気に入っている。時計を見ればもう二十二時近い。

チェストの上のノートパソコンをテーブルに置き、引き出しの奥に隠しているUSBを取り出す。今日はやけに伊吹さんを思い出し、会いたくなってしまった。

さっきもお風呂のときに、肌身離さず身に着けているコインネックレスを双子が触って『パパに会いたいな』と言ったのだ。以前、これをパパからもらったのよと言ったのを覚えていたらしい。

一生の思い出として心に刻み込まれたイタリアでの出来事。写真を自動再生して、頬杖をつきながら見ていく。

伊吹さんが写っている写真は少ない。お気に入りは、ポンペイで盗人にスマホを奪われる前に電話中の彼を写した写真だ。今見てもかっこいいと思う。

あのとき、スマホを取り戻せて本当によかった。果敢に奪い返しに行った伊吹さんは私のヒーローだった。

伊吹さん、元気にしてる？　黙って子どもを産んでごめんなさい。私は大輝と克輝がそばにいてくれて幸せに暮らしている。あなたが幸せだといい……。

いつも写真を見て思うことは同じだ。

しばらく伊吹さんの顔を見つめた後に、アンナとシャオユーと訪れたヴェネツィアの写真が出てくる。

彼女たちには包み隠さず、妊娠したから当分カフェオープンはできなくなったとメッセージを送っていた。

アンナはドイツへ戻ってから三カ月後にベルリンでカフェをオープンさせ、今も写真が送られてくる。赤字にならない程度になんとかやっていると、最近メッセージをもらっている。

そしてシャオユーは、香港の一等地にあるテナントを両親が借りてカフェをオープンさせた。帰国後半年のことだった。シャオユーのカフェは両親のチェーン店よりも売り上げがいいらしい。

彼女ともメッセージや写真のやり取りをしていて、三人でつながっている。

私も子どもたちの写真を送っていて、彼女たちは大輝と克輝の成長を楽しみにしてくれている。

そろそろ寝なきゃ。

ノートパソコンを閉じてUSBとともにもとの位置に戻すと、洗面所で歯磨きをし、双子の寝ている布団へ歩を進めた。

翌日、自転車の前後に大輝と克輝を乗せて保育園へ向かう。生後四カ月から入っているので、いつもぐずることなく保育士のもとへ行ってくれる。

「ママ、バイバイ」

サラッとふたりに手を振られ、担当の保育士に「お願いします」と頭を下げてから職場へ自転車を走らせる。

ぐずられて手が離せないのも困りものだが、そっけなく行ってしまうのも寂しい。

彼らなりに、私が働かなければならないのだと理解してくれているんだろう。

出産後、双子を保育園に通わせ始めたときから働いているカフェは周囲に大学がいくつもあるのでいつも忙しい。

個人経営のカフェで、三十席ほど。インテリアは明るいハワイアン風だ。

五十代の男性オーナー伊藤《いとう》さんと社員の私、大学生のアルバイト六人がローテーションで出勤する。

私は九時から十七時までの勤務時間で、常時三人で仕事をしており、十五時くらいに伊藤さんが出勤し、二十一時まで店を開けている。

バリスタとして雇われて、伊藤さんも勤務時間などの理解があるので居心地がいい。

ここで働き始めてからラテアートもかなりの絵柄を習得して、一年前からは３Ｄラテアートをメニューに加えており、カフェを訪れる老若男女に人気がある。

伊藤さんはごく普通の数種類のラテアートしかできないので、３Ｄ対応のメニュー表は私がいる十七時までになっている。

カフェの軽食メニューは、よそから仕入れているサンドイッチやケーキを出しており、あのリストランテの店主から伝授してもらったカルボナーラはもっぱら双子や朱音一家に振る舞うだけだ。いつも作ってと頼まれる。

いつかは自分のカフェを持ちたい気持ちはあるが、現状は金銭的や時間的に無理なのはわかっている。

伊藤さんはおもしろくて優しくて理解のあるいい方なので、シングルマザーの私はそんな人のカフェで働けて恵まれている。

その日も朱音が双子を保育園に迎えに行ってくれたので、彼女のマンションへ自転車を走らせた。

マンションの鍵は持っているので、インターホンを押してから玄関へ入る。

「ただいま～」

朱音の家の玄関へ入っても、大輝と克輝は駆け寄ってこない。

リビングの方から「きゃっきゃ」と、楽しそうな子どもたちの声がしてきた。そういうときは、慎太郎さんに遊んでもらっているのだ。

「おじゃましまーす」

そろりと廊下を進み、リビングの入口に立つと慎太郎さんが寝っ転がっており、子ども三人がのしかかりケタケタ笑いながら彼の体をくすぐっていた。

「あ、お姉ちゃん。おかえり」

ソファに座ってその様子を見ていた朱音が私に気づく。

「ママっ！」

大輝と克輝も気づいて駆け寄ってくる。

「おかえりなさいっ」

ふたりはいつものように私の脚に抱きつく。

「楽しそうだったね。慎太郎さん、ごめんね。大丈夫だった？」

「平気だよ。でも和音さんが来て助かったよ」

そう言って、まだ腰の辺りにのっている皐月ちゃんをひょいっと抱き上げて立ち上がる。

「お姉ちゃん、お母さんからのメッセージ見た？」

「え？ ううん。なんて？」

「明日お姉ちゃんのとこ泊まりに来るって。いつも唐突よね」

トートバッグからスマホを出して母からのメッセージを確認すると、明日の木曜日のお昼頃に飛行機で来て、土曜日の夕方の便で帰るとあった。

母はいつも前日に連絡をしてやって来る。作り置きのおかずを作ったり、子どもたちに好きなものを買ったりと、面倒を見てくれるのだ。

「ばあば、くるの？」

双子が瞳を輝かせる。私と違ってなんでも欲しいものを買ってくれるし、怒らない優しい祖母が大好きなのだ。皐月ちゃんもうれしそうだ。

「うん。明日ね。保育園から帰ったら会えるわよ」

「やったー」

子ども三人はうれしそうにばんざいをしてぴょんぴょん跳ねる。

「お姉ちゃん、今日も夕食食べていってよ」

そう言いつつも、いつもならキッチンにいるはずなのに余裕がある妹にピンとくる。

「ありがとう。その顔はカルボナーラ？」

「あたり！　私が食べたいって言ったんじゃないわよ。慎太郎君が」

朱音は慎太郎さんのせいにしている。

「その通り」

慎太郎さんも加勢する。

「材料は揃えてあるから。サラダは私が作るわ」

「いつも教えているんだし、朱音が作っても変わらないじゃない」

「ううん。お姉ちゃんの方が格段においしいもの。やっぱり本場で食べてきた人にはかなわないわ」

「もちろん作らせていただきます」

おだてる朱音に苦笑いを浮かべ、手洗いをしに洗面所へ向かった。


その夜、帰宅して布団に入る。

「ママ、どうして、パパはいないの？」

隣で横になった大輝が突然つぶやいた。

え……？

ちゃんと言葉にできなかった月齢のときよりも、今はだいぶ話ができるようになったから、ずっと疑問だったことを口にしたのだろう。

大輝の隣で横になった克輝も私を見ている。

「ママ？」

「……それは、パパとママの事情があったの。う～ん……事情ってわからないよね」

彼らに説明をするのは難しい。

「どうしてパパのことを聞いたの？」

大輝の代わりに克輝が口を開く。

「さっちゃんにやさしいパパがいて、いいな～って」

「おふろもたのしかった！」

そうだったのかと、双子の気持ちを考えたら胸が痛くなった。

私と朱音が夕食を作っている間に、慎太郎さんが双子をお風呂に入れてくれた。自分の子どものように接してくれていて、彼には感謝しかない。

だけど、大輝と克輝は自分たちにはいない父親の存在に疑問をいだいたのだろう。

「わけがあって、ママはパパと結婚できなかったの。結婚ってわかるよね？　朱音ママと慎太郎パパみたいに一緒に暮らすの」

「うん。ママ、ごめんなさい……」

大輝が謝る。

「謝る必要なんてないわ」

「ううん、ママがかなしそうな、おかおだから……」

克輝も続き、ふたりがしんみりしてしまった。

「ママはだいちゃんとかっちゃんがいてくれたら幸せなの。パパがいなくて寂しいと思うけど、ごめんね。我慢してね。そうだわ。パパからもらったペンダント、寂しくなったら触らせてあげるから」

肌身離さず身に着けている。アクセサリーといったらこれだけだ。

「ほんとう？ さわっていいの？」

克輝が頭を起こしてうれしそうにする。

「ぼくはいやだ。ママだけでいいよ。かっちゃんもそうだよね？」

「う、うん……」

「だいちゃんの気持ちはママうれしいわ。でも我慢することないからね。かっちゃん、触りたいときは洋服から出してあげるから言ってね」

父親を欲する気持ちと戦っているふたりがいじらしくて、目頭が熱くなる。

薄暗い部屋でよかった。

翌日、仕事を終わらせて朱音の家へ行くと、母がキッチンで料理をしていた。朱音は子どもたちとお絵描きをしている。

「お母さん、ありがとう。来てくれてうれしい」

「あなたたちに会いに来るんじゃなくて、孫たちを見たくて来るのよ。だいちゃんとかっちゃん、また背が伸びたみたいね。さっちゃんの入園祝いも渡せたし。そろそろ来たいと思ってたの」

私と朱音は母の言葉に笑顔になる。

孫たちだけでなく、本当のところ私たちの様子うかがいで来てくれるのだと思っている。

母と一緒に帰宅したその夜。双子が眠った後、お土産の白餡《しろあん》を求肥《ぎゅうひ》で包んだ老舗和菓子店の和菓子を緑茶でいただきながらくつろいでいたら、母が急に真面目な顔になった。

「和音。お父さんがね、カフェの資金を出すから山口に戻ってきたらどうかって。自分で言えばいいのにね」

「え？　カフェの資金を……？」

「ええ。出世払いで返してくれればいいって。近所に住めばだいちゃんとかっちゃんを見てあげられるし。今は朱音と慎太郎さんに世話をかけてしまっているでしょう？

私たちとしては、朱音はともかく慎太郎さんに申し訳なくて……」

もちろん慎太郎さんには多大な迷惑をかけてしまっている。

実家近くに……。

カフェを持つ夢は叶えられるが、今の生活に慣れてしまっており、また新しい生活をするのは大変になるので躊躇する。

「カフェを開業したらふたりとの時間が取れなくなるかもしれないし……お父さんとお母さんの気持ちはうれしいけど……考えさせて」

「ええ。ちゃんと考えて結論を出すといいわ。さてと、寝ようかしら。やっぱり移動は疲れるものね。おやすみ」

母はそう言ってお茶を飲んで立ち上がった。

「あ、うん。おやすみなさい」

隣の部屋へ行く母に声をかけた。

翌日、大輝と克輝は母がいるので保育園に行きたがらなかったが、終わったらお買い物に行きましょうと諭され、ふたりは納得してくれて朝のひと騒動は収まった。

いつものように自転車に乗せて保育園まで送っていき、職場へと向かった。

母と朱音は幼稚園が十四時で終わる皐月ちゃんと合わせて保育園へ迎えに行き、一緒に買い物へ行ってくれた。

土、日は私の休日で、翌日の午前中はお弁当を持って公園で遊び、夕方飛行機で帰る母を送るためにふたりを連れて電車に乗った。

大輝と克輝は飛行機を見るのが大好きなので、母の出発よりもかなり前に家を出て羽田《はねだ》空港へ向かう。

展望台でひとしきり滑走路を進む飛行機や飛び立つところなどを見学し、大輝と克輝は満足していた。

「ばあば、またきてね」

別れるときいつもふたりは悲しそうだ。母が来てくれると、普段の単調な生活が少し賑やかになるからだろうし、双子たちは祖母が大好きだから。

「だいちゃんとかっちゃん、ママの言うことをよく聞いていい子でね。ばあばはまた来ますからね」

「うんっ！」

ふたりは息の合った返事をして、祖母を見送った。

日曜日をゆっくり三人で過ごし、再び忙しい日常に戻る。

大輝と克輝を保育園へ送っていき、カフェへ自転車を走らせて到着したのち、開店準備に取りかかった。

店内の掃除をしているとアルバイトのふたりがやって来て、その仕事を引き継いでもらう。私はカウンターの中へ入り、コーヒーマシンや豆、ミルク、カップなどの準備を始める。

九時になる少し前、店をオープンさせてすぐに何人かのお客様が入店した。

忙しい時間が過ぎてお客様が店内に誰もいなくなったとき、ふと母の言葉を思い出して、自分のカフェについて考えてしまう。

夢を叶えたい気持ちはもちろんある。

それにこれから双子が大きくなるにつれて、朱音は大変になる。小学生になったら、ふたりで家に帰り、私が帰宅するのを待つ寂しい時間を送ることになるかもしれない。

実家の近くに住めば、祖父母にかわいがられて大輝と克輝は幸せでいられる。

はぁ……どうしたらいいの？

朱音に相談はできない。彼女は大変でも、大輝と克輝の面倒を見てくれようとするだろうから。

でももしかしたら、来年には慎太郎さんの転勤もありえるだろうと思っている。

あと十五分ほどで就業時間が終わろうとした頃。

「和音さん、お客様のリクエストで〝リーフ〟と〝スワン〟のカフェラテをお願いします」

カウンター越しにアルバイトの女の子から注文をもらう。

ラテアートはリクエスト制ではなく私の気分で描くが、頼まれれば融通もきかせている。注文したらお客様は席で待ち、スタッフが運ぶシステムだ。

「はーい。了解」

返事をしてから、一瞬動きが止まる。

リーフとスワン……？

私がバリスタコースでのラテアート選手権で二種目優勝したときの絵柄だ。

オーダーを受けた子がササッと近づき、私の耳もとに顔を近づける。

「ものすごくかっこいいお客様なんですけど、ひとりしかいないのに二杯頼んだんですよ。待ち合わせかもしれないんですが。ラテアートを頼むなんてかわいいですね」

小さな声でこそっと話す彼女の言葉にハッとなり客席の方へ振り返ると、席に座らずに柱の近くで腕を組んで立っている男性と目が合った。

彼の漆黒の瞳にぶつかった途端、心臓がドクンと痛いくらいに音を立てる。

「……伊吹さん」

なぜここに……？

グレーのスーツを身に着けた伊吹さんの表情は硬く、こちらをただ見つめるだけだ。

三年以上の歳月が流れたのに、伊吹さんはあの頃とまったく変わっていない。

私は日々の生活に追われて、自分では気づかないがだいぶ変わってしまったのではないだろうか。

彼の出現に困惑しているのに、そんなことを考えてしまうのはまだ伊吹さんを愛しているからだ。

どんなときでも、女性なら好きな人の前では輝いていたいと思うだろう。

今は化粧っけのない顔で、髪の毛はうしろでひとつに結び、生活に疲れたふうに見えるかもしれない。

伊吹さんの目から逃れたくてコーヒーマシンの方へ再び体を向け、リクエスト通りにリーフとスワンを作ろうとするが、両手が震えて作業ができない。

彼が現れて衝撃を受けているのだ。落ち着いて、私。

でもなぜ伊吹さんはここへ来たの？　あの様子では、偶然ではないだろう……。

突然連絡を絶った、体の関係を持った女の現在の様子を見に来ただけだと思いたい。

伊吹さんの視線を背中に受けている気がしながら、わからないように深呼吸を繰り返し、手を何度か握ったり開いたりして震えを止めようとした。

「和音さん、次のオーダー入ります。エスプレッソとカフェラテお願いしまーす」

カウンターからの声に、いつまでもこうしてはいられないと、下唇を噛んでミルクピッチャーとカップを手にしてリーフを描く。

それからスワンをもうひとつのカップに描き、運ぶのを待機している大学生スタッフに「お願いします」とカウンターの上に置いた。

そのときには柱のところにいた伊吹さんの姿はなく、店内を捜すこともせずに次のオーダーを作り始めた。

伊吹さんにラテアート選手権で優勝した報告をしたときのことが思い出される。描いたリーフとスワンの写真を見せた。

『綺麗に描けているじゃないか。リーフは葉のバランスが絶妙だし、スワンの方はさらに繊細だな。とても美しい白鳥だ』

『そう言ってもらえてうれしいです。ラテアート選手権、受講生の十四名で競ったのですが、基本と自由の二種目両方で優勝しました』

『それはすごい。将来有望だな。作ってもらうのが楽しみだ』

『ぜひ、有栖川さんが帰国したときには来てくださいね』

『ああ。リーフもスワンも、両方注文させてもらうよ』

だいぶ前なのに、伊吹さんと話をしたあのときのことは一字一句たがわずに覚えている。

伊吹さんがここにいる。どうしたらいいの？ お久しぶりですとでも声をかける……？ もうそろそろ退勤の時間だから、そのまま無視して帰ってしまう？

そのとき、店内にお客様が入ってきてカウンターのアルバイトの女の子の「いらっしゃいませ」の声が聞こえてきた。

「いらっしゃいませ〜、あ！ だいちゃんとかっちゃん！ かわいい〜」

え？ 大輝と克輝？

ときどき朱音に連れられて来るが、今日に限ってと青ざめる。

「ママー」

先ほど伊吹さんが立っていた場所近くのカウンターから、ふたりは背伸びをする。

お店では静かにしなさいと言っているので、私を呼ぶ声も小さいが、伊吹さんに見られているのではないかとひやひやした。

「お姉ちゃん、ごめん。ママに会いたいってせがまれちゃって」

朱音の言葉にぎこちなくうなずく。

「だいちゃんとかっちゃん、すぐに終わるから朱音おばちゃんと外で待っててね」

「うんっ！」

朱音と手をつないで店の外へ消えていく。

伊吹さんに双子を見られなかったか心配になって客席へ視線を走らすと、彼は腕組みをしながらこちらへ視線を向けていた。

まずかったかも……と、冷や汗が背中を伝わりそうなくらいだ。

だけど、まさか自分の子どもだなんて思わないはず。

そのとき、伊吹さんが席を立ちこちらへ近づいてくるのが見えた。

ど、どうしよう……。

うろたえている間にも、狭い店内なのでカウンターを挟んで目の前に彼が来てしまった。

「話がしたい。今日難しければ明日また来る。昼休みは何時から？」

「ず、ずっと忙しくてお時間は取れません」

「じゃあこの後、ほんの少しの時間でいいから。もう終わりなんだろう？　さっきの子たちがいてもかまわない」

え？　これから……？

彼の前に双子を同席させるなんてもってのほかだ。

「……わかりました。席で待っていてください」

ふたりだけの方がいい。

伊吹さんが席に戻るのを見て、私は外で待つ朱音たちのもとに向かった。

朱音と双子に近づく。

「あれ？　まだ？」

朱音が帰り支度をしていない私に首をかしげる。

「ごめん。大輝と克輝を連れて家へ戻ってくれる？　ちょっと人と会わなくてはならなくなったの」

「えー、ママとかえれないの？」

大輝が頬を膨らませる。

私はしゃがんでふたりと目線を合わせる。

「本当にごめんね。ケーキ買って帰るから、朱音おばちゃんと一緒に帰っていてくれる？　戻ったらお話ちゃーんと聞くから」

ふたりはケーキが大好きなので、つられてコクッとうなずく。

「わかった。帰ってるね」

朱音は左右に大輝と克輝の手を握って歩き始めたが、双子は何度もうしろ髪を引かれるみたいに私の方を見る。

私は手を振って角で見えなくなると、心臓を暴れさせながら店内へ入った。

十七時を過ぎているので、カウンターの中には事務室から出てきた伊藤さんがいる。

少しの時間、人と会うことを彼に告げた。

「コーヒーを入れてあげよう」

「いえ、大丈夫です。彼も飲み終えていましたし」

そう言って、引きつりそうになる顔をなんとかこらえ、伊吹さんのテーブルへ行った。幸いなことに両隣のテーブルには誰も座っていない。

伊吹さんの対面に腰を下ろす。

「……話ってなんでしょうか？」

つんけんして聞こえるが、話を早く切り上げるにはいい作戦だと思う。

視線が彼の左手の薬指を追ってしまう。

男らしく節のある長い薬指にマリッジリングはなかった。彼の目線も私の左手を見ている。

「結婚指輪は？　最後のメッセージにあった好きな男と結婚したんだろう？」

尋ねる声は鋭く、尋問を受けている気持ちになって萎縮する。

子どもまでいて結婚していないなんて言えない。

「仕事中指輪はしないんです」

「こっちに戻ってから結婚をして子どもが生まれたのか？」

やっぱり双子を私の子どもだと思っている。でも別の男性の子どもだと考えているみたいだ。

「そうです。結婚をしました」

そう言った瞬間、ハッとなって何気なく首もとへ手をやる。

ボートネックのシャツからゴールドのチェーンが覗いているが、ペンダントヘッドは服の中で胸をなで下ろす。

ゴールドのチェーンなんていくらでもあるけれど、ペンダントヘッドを知られたら言い訳が難しくなる。

「結婚指輪なんて仕事の邪魔にならないだろう？」

「最近太ってしまって、入らなくなっただけです」

すると、鋭い目つきで私を見つめたのち、眉間にしわを寄せる。

「太った？　あの頃よりもさらに痩せたように見えるのに？」

「思い違いをしているだけです」

伊吹さんは形のいい唇から大きなため息を漏らし、椅子に背を預けて脚を組み直す。

「……一時的な帰国ですか？　それとも赴任期間が終わったんですか？」

「三月末で赴任期間は終了した。今は防衛省に勤務している」

「それではお仕事中ですよね？　こんなところで油を売ってはだめなのでは？」

「俺のことはいい。ここは和音のカフェじゃない。そうだよな？」

伊吹さんがここに来たのは偶然ではないのだろう。興信所に調査を依頼した？　だとしたら、夫がいると言っても嘘だとバレてしまう。

でも、貫かなきゃ。

「ええ。違います。帰国後すぐに出会った人と結婚して妊娠したので、カフェどころじゃなくなったんです」

これなら大輝と克輝が自分の子だとわからないだろう。

「カフェよりもその男を選んだのか？」

「そうです。会った瞬間から愛し始めた人です。すみません。せっかく来ていただいたのにもう帰らないと」

話を切り上げて腰を上げようとした。

「嘘をつくなよ。君を捜すにあたって調べ済みだ。夫などいないだろう」

やっぱり……興信所に？

「勝手に調べるなんて個人情報保護法に反しています」

「愛していた女が、好きな人ができたと突然連絡を絶ったんだ。なにか事件に巻き込まれ、この世にいないかもしれないだろう？　どんな状況であれ知りたかったんだ。やっと捜しあてた」

愛していた……？　私は伊吹さんに本当に愛されていたの？

当惑して言葉を失っていると、片方の肘をテーブルに置いて身をこちらに傾ける。

「結婚していないのなら、俺と会ってもいいよな？」

驚きすぎて息をのむ。

「和音が忘れられない。だから君の所在を突き止めて来たんだ」

どういうことなの……？　伊吹さんは田辺さんと結婚していないの？　それともまさか不倫の打診を？

「私には時間がありません。あなたは結婚したんじゃ？」

「俺が結婚？　していない」

していない……？

「会うときは子どもが一緒でもかまわない」

「どういうつもりですか？　私はもう二度と会いたくないです」

兄は騙されたにしろ逮捕歴がある。伊吹さんと私たち家族がつながれば彼に多大な迷惑をかけることになるのだから絶対に知られてはいけない。伊吹さんには自分の子どもの存在を知られてはいけないのだ。

「和音、俺は会いたいんだ。俺たちの関係はきっぱり切れるものだったのか？　君は俺を利用しただけ？　君を抱かせたのは滞在中の礼だったのか？」

彼の口からあからさまな語彙が出て、顔に熱が集まってくる。

そうだと言いたい……。

でも、伊吹さんと会ってみてまだあのときの甘い気持ちが蘇ってきて、会わない方がいいと思う気持ちと葛藤している。

伊吹さんの目を見ないようにしてすっくと立ち上がった。

実のところ、脚が震えているが平常心を装う。

でもそれじゃだめ。彼は納得しない。

そして――。

にっこり笑みを浮かべて伊吹さんを見やった。

「私たちはもうなんでもないんです。もう二度と会いません。どうか忘れてください」

そう言って、バックヤードへ向かった。

店の裏口から出たとき、伊吹さんがいそうでドキドキしていたが彼の姿はなかった。

ホッと安堵して自転車を漕《こ》いで妹のマンションに走らせる。

漕ぎながら、やはり伊吹さんのことを考えてしまっている。

田辺さんと結婚していなかったんだ……でも彼は家族を持ちたくないと言っていたし、内緒で子どもを産んでいたなんて知られたらどんな反応をされるのか怖い。

今日会ってみて、まだ伊吹さんを愛しているのだと痛感した。

だけど、伊吹さんと連絡を絶ってからの歳月はもう二度と取り戻せない。

朱音のマンションの近くまで行ってから、ケーキを買うのを忘れたので引き返し、みんなが好きなパティスリーのケーキを三個ずつ選んで二箱に入れてもらった。

「ただいま～」

朱音の家の玄関へ入ると、大輝と克輝が走ってきて抱きつく。

「さっきはお迎えに来てくれたのにごめんね。お家帰ろうね」

そこへ朱音が現れた。

「ありがとう。助かったわ」

ケーキを一箱妹に手渡す。

「ううん。連れていっちゃってごめん。慎太郎君が休みでさっちゃんを見てもらっていて身軽だったから。ふたりもママに早く会いたかったみたいで」

「うん。いいのよ。私の都合で本当にごめんね。じゃあ、今日はこれで帰るわね。だいちゃん、かっちゃん、保育園のおカバン持ってきて」

そう双子に言うと、彼らは急いで室内に取りに行った。

「お姉ちゃん、なんかあった？」

「え？　ううん。なにもないわ」

「本当に？　様子がおかしかったように見えたけど？」

朱音の勘の鋭さに内心焦りつつも、何事もなかったように双子を連れて帰宅した。

子どもたちを寝かしつけた後に洗濯物を部屋干しして、彼らの明日の通園の準備をする。

一段落《いちだんらく》してコーヒーを入れ、いちごののったショートケーキをお皿にのせてセンターテーブルの上に運んだ。チョコレートケーキが好きな双子は、夕食をたくさん食べたにもかかわらず喜んで食べていた。

ノートパソコンにUSBを挿して伊吹さんの写真を開く。

まさか会いに来るなんて……思いもよらなかった。

三年以上が経つのに、あの頃の恋心が強く思い出された。

あのときの選択が間違っているように思えてくるのは、彼が田辺さんと結婚していなかったから？

ううん。家族はいらないって言ってたもの。妊娠したなんて言ったら伊吹さんは困っていたはず。それに兄の件だってあるし……。

自分の行動をなんとか言い訳して正当化しようとしているのは承知している。

「はぁ……」

こんな気分のときは赤ワインが飲みたくなる。

家にお酒のストックなんてないしね……。

もう店に来ないわよね？　もう一度、会いたいなんて言われたら……自分を裏切ってしまいそうだ。

「……山口に帰った方がいいのかな」

でも、冷たい態度を取ったから伊吹さんはあきらめてくれただろうか……。

八、月日が経っても変わらない愛

もう二度と会わないと思っていたのに、昨日とほぼ同じ時間に伊吹さんは現れた。

カフェラテを二杯リクエストして、客席から働いている私を見ている。

気にしないようにしていても背中に視線を感じて、仕事しづらい。

お客様の注文が一段落して、カウンターから伊吹さんのもとへ歩を進める。

テーブルの上のカップふたつの中身はない。

「ちょっと来てください」

思いきって声をかけると、彼は口もとに笑みを浮かべて立ち上がりついてくる。

昨日もそうだが、防衛省に勤めていると言っていたのに、スーツではなくカジュアルな服装だ。

外に出て振り返り、伊吹さんと対峙《たいじ》する。

「なぜ来るんですか?」

「和音のコーヒーを飲みに来ている。客なんだから理由なんてどうでもいいだろう?」

「よくないです。もう来ないでくださいと言ったはずです」

「よくない？　客を拒否するのか？」

そう言う伊吹さんはからかうような表情を浮かべている。

「カフェなんてこの界隈《かいわい》にたくさんあるんですから、うちに来なくてもいいじゃないですか」

「どうしても俺に来てほしくないのなら、週末に会ってほしい」

「え……？　あ、会わないと言ったはずです。それに週末は子どもとの時間ですから」

「子どもも含めて会ってほしい。公園でも遊園地でも、どこへでも付き合う」

あぜんとなってついきつい言い方をする。

「いったいどういうつもり――」

「和音を忘れられないと言っただろう？」

「生活に疲れたおばさんを相手にするよりも、綺麗な女性とお付き合いしてください」

「俺が好きなのは君だから」

私が冷たくしても伊吹さんはまったく気にならないみたいだ。

ひとりでカフェに戻り、手を洗ってコーヒーマシンの前に立つ。

なんでOKしちゃったんだろう……。

子どもたちに会わせたら、伊吹さんは自分の子だと感じてしまうかもしれないのに。

伊吹さんはエリートで社会経験も積んでおり、言葉では勝てない。

『ＯＫの返事をもらえるまで、ずっとここにいる』

『え？　それは困ります』

『それなら、了承した方がいい』

そこでアルバイトの子から呼ばれてしまい、すぐに戻らなくてはいけなくてＯＫしてしまったのだ。

双子は突然現れた男性にどんな反応をするだろうか。

その週の土曜日。今日は十時に約束した通り公園へ双子を連れていく予定だ。元気すぎて、公園でかなりの時間を過ごさなければ夜なかなか眠ってくれないのだ。

毎週行く家から徒歩十分のところの公園はなかなかの広さがあって、遊具の数も多い。大抵三時間はたっぷり遊ばせるのが土曜日の日課になっている。

来週にはゴールデンウィークが始まる。とはいえ、カフェに定休日はないので通常営業だ。

普段通りに起きた双子は、朝食を食べて自分でできるだけ着替える。ふたりなので競争するようにして、できることが増えていく。

「ママ、こうえんいく？」

「行くわよ。お掃除して洗濯物干したらよ。お弁当も作るから待っててね」

ふたりは私の返事に満足して、ソファの上に座って絵本を見始めた。

活発だけれど本も好きで、生き物や乗り物などはどんどん覚えていっている。

絵本を指さして楽しげな双子とは裏腹に、これから伊吹さんと会うと思うと、胸の高鳴りが治らない。

彼らが自分の子どもだと気づきませんように。

今日もお天気がよく、ふたりには薄手の長袖トレーナーとジーンズをはかせた。紺色は大輝、水色は克輝だ。

伊吹さんに双子の特徴を掴まれたくなくて、長袖トレーナーは同じ色にしたかったが、あいにくいつも色違いのものにしているのでない。

家から徒歩十分のところの公園に到着した。すでにたくさんの子どもたちが遊んでいる。

休日の公園はどちらかというと、母親より父親が付き添いの方が多く、ずっと男性の存在になにも言わなかった双子だが、先日の彼らのパパ発言には困惑した。

私に気遣って今まで聞かなかったのだろう。けれど、ポロッと本音が出たのだ。

ふたりは伊吹さんをどう思うのだろうか……。

公園に着くと、大輝が克輝の手をつないですべり台にすっ飛んでいく。

「気をつけてね～」

走っていくうしろ姿に声をかけて、後を追う。小さい子用のすべり台なので高さはあまりないが、それでも落ちたら危ない。

すべり台の脇でふたりを見守る。

公園で会うと伊吹さんと約束したけれど、考え直して彼は来ないかもしれない。

その方がいい……。

そう考えたとき――。

「和音」

背後から名前を呼ばれてビクッと肩が跳ねる。

伊吹さんが隣にやって来た。

「す、すぐにここがわかりましたか？」

「ああ。和音の姿はうしろからでもすぐわかる」

「わ、私が聞いているのは公園のことです」

声が上ずってばかりで、私どうしちゃったの？　意識しちゃだめ。

そうやってからかうのは以前と変わらない。

伊吹さんは薄手のサックスブルーのシャツとジーンズで、まるで双子の服装と示し合わせたかのようにリンクしていて驚きを隠せない。

私の隣に男性が立ったので、大輝と克輝がすべり終えてから近づいてくる。

そして不思議そうに伊吹さんを仰ぎ見てから克輝が口を開いた。

「パパ？」

それには心臓を鷲《わし》掴みにされたようにギュッと縮こまる。まさに度肝を抜かれて言葉を失うが、すぐに平常心に戻る。

「かっちゃん、違うわ。ママのお友達よ。今日は一緒に公園で遊ぶの」

伊吹さんは興信所の調査で双子の名前を知っているだろうか。漢字は違えど〝き〟が最後につくので、悟られないようにあだ名で呼ぶ。

ふいに伊吹さんがしゃがんで片膝を地面につき、双子と目線を合わせた。

「おじさんはママの友達なんだ。伊吹おじさんと呼んでくれるかな？」

「うんっ！　いぶきおじさん」

「君がかっちゃんで」

大輝が一歩前に出て笑顔で「ぼくがだいちゃんだよ」と名乗った。

父親という存在に憧れているふたりなので、とにかく大人の男性である伊吹さんと仲よくなるのはあっという間だった。

芝生の広場で追いかけっこをしたり、ブランコを押してもらったり、双子の興奮はずっと続いてとても楽しそうだった。

この光景は夢にまで見たものだった。

けれど、伊吹さんが父親だということは彼らに隠し通さなければ。

たくさん遊んだせいか、双子たちはいつもは十三時くらいまで空腹を感じないのに、十二時の鐘がお昼を知らせるとおなかが空いたと言い始める。

伊吹さんが子どもたちを水場へ連れていって戻ってくる。

お天気のいい日はおにぎりと簡単なおかずを詰めて持ってきているので、芝生にシートを敷いて四人で座った。

伊吹さんは私と会いたいと言っていたはずなのに、子どもたちが彼を離さないせいもあるが、私たちにほとんど会話はない。

「ちゃんと手を洗ってきた？」

そう言いながら、ウエットティッシュでふたりの手を拭く。

「ばい菌とバイバイね」

「うんっ」

おにぎりなので念のために、もう一度手を拭いてあげる。

お弁当を囲んで座っているが、伊吹さんの両端に大輝と克輝がいて、すっかり彼が気に入った様子だった。

「いぶきおじさん、ママがつくったの。たべて」

ラップに包まれたおにぎりを克輝が伊吹さんに手渡す。

「ありがとう。おいしそうだな。いただきます」

いただきますは、私に向かって言った言葉だ。

「うんっ」

ふたりはニコニコして伊吹さんが食べるのを見ている。

「ぼくたち、しゃけすきなの」

大輝が教える。

「おいしいよ。こんなにおいしいおにぎりを食べたのは初めてだよ」

「わーい」と、ふたりはうれしそうにばんざいをする。

「だいちゃん、かっちゃんも食べて。有栖川さん、おかずもどうぞ」

甘い卵焼きや唐揚げ、ひと口サイズのハンバーグを保存容器に詰めてきた。おにぎりもしゃけだけでなく、梅干しや焼きたらこもある。いつも作るよりも倍の量だ。

家族はいらないって言っていたくせに、ずっと一緒に暮らしていた父親みたいに双子に接する姿に違和感がなく、始終私の胸が苦しい。

さらに大輝と克輝も、初めて会ったとは思えないほど懐いてしまった。もともと父親を恋しがっていたので、伊吹さんに父親像を投影しているのだろう。

こんな時間が続けば……と一瞬思ってしまい、慌てて自責の念で思い直す。

ふたりには水筒に入れた麦茶を飲ませ、伊吹さんと私用にひとりずつの水筒にブラックコーヒーを入れてきた。

食べ終えた大輝と克輝は、近くにあるスプリングがついた動物の乗り物へと向かう。目の届く位置なのでコーヒーを飲みながら見守る。

「有栖川さん、今日はふたりと遊んでくださりありがとうございました」

「有栖川さん？　さっきから名字で呼んでいるな」

名字で呼ばれた彼は不機嫌そうに口もとを曲げて私を見やる。

「もう恋人でもないので……」

「なぜ俺を避ける？　夫はいないんだ。俺と付き合っても問題ないんじゃないか？」

「そんな余裕はないって話したはずです。せっかくの休日に子連れと公園にいてもおもしろくないですよ。もうそろそろ帰るので、有栖川さんもどうぞお帰りください」

大輝と克輝がそれぞれの動物に乗って、体を前後に動かしているのを見守りながら言い放つ。

伊吹さんの顔を見ると恋心が蘇ってくるので、子どもたちを見ているのは都合がよかった。

「この時間が楽しいと言ったら？」

「え？」

思いがけない言葉に、伊吹さんの顔へ視線を向けると、彼は極上の微笑みを浮かべていた。

「もう俺も子どもがいてもおかしくない年齢だ。あの子たちはとてもかわいい」

なにを……言ってるの？

とっさに立ち上がって、体の横に下げた両手をグッと握る。

「あ、あなたは家族はいらないって言ってたじゃないですか」

「どうしてそんなに興奮している？　俺たちの間になにか誤解がある？　ちゃんと話

そう。座れよ、子どもたちが不思議そうに見ているぞ」

動物の遊具で遊んでいるふたりは降りようとしていた。

「……子どもたちがお別れしたら、お帰りください」

しゃがんでシートの上のものをバッグにしまっていると、子どもたちはまだ帰りたくないのか、こちらには来ずに隣の短いスロープのすべり台へ行ってしまった。

荷物をしまい終えて立ち上がろうとしたとき、伊吹さんの手が私の手を掴んだ。

「今日は君たちを送っていったら、おとなしく帰るよ。来週土曜日に会ってくれないか？」

「来週……」

「ＯＫの返事をもらうまで今日は帰れないな」

困惑してうつむいた先に握られた手が目に入る。

伊吹さんの手を意識してしまい、ドクンドクンと心臓が暴れ始める。

触れられてうれしいと思う自分がいた。

「和音？」

「わ……わかりました。雨じゃなかったら、ここにいます」

「必ず来る」

握られていた手が離れ、ふと寂しい気持ちに駆られた。

伊吹さんが立ち上がってスニーカーを履いたところへ、大輝と克輝が走って戻ってきた。

「もうおわり……？」

克輝が悲しそうに伊吹さんを見つめる。

「来週もここで遊ぼう」

そう言うと、大輝も瞳を輝かせて「ほんと？」とふたりで尋ねる。

「ああ。約束するよ」

伊吹さんはふたりの頭を交互になでると、「じゃあまた」と言ってその場から立ち去った。

「いぶきおじさん、またきてくれるの？」

彼の去っていくうしろ姿を見送っていた大輝が心配そうだ。

「ちゃんと約束したから大丈夫よ」

「よかった！　ね、かっちゃん」

「うんっ！　かっこいいし、やさしいし、ぼくだーいすき」

ふたりの喜びようはすごく、彼はすでに双子たちの心を掴んでしまったみたいだ。

伊吹さんとまた約束をしているせいなのか、気持ちにうれしさと不安が混在していて疲れる一週間だった。

なんとなく気もそぞろで、朱音に「どうしたの？　なにか悩み事？」などと尋ねられてしまい、慌てて笑顔をつくり「ううん」と取り繕った。

伊吹さんからメッセージが入ったのは金曜日で、【十時半に公園へ行く】とあった。

明日はお天気もよさそうなので、変更することなく【わかりました】と返事をする。

正直メッセージをもらってホッとしていた。

双子も伊吹さんに会ってから、事あるごとに『いぶきおじさんとあえる？』と聞いてくる。

彼は忙しい人なのだから、来られないかもしれない。そう思うと、確信を持って会えるとは言えなかった。

そして土曜日、お弁当を持って公園へ向かった。

双子は目を覚ましたときから早く公園へ行こうと私を急かした。いつもより楽しみなのは、もちろん伊吹さんが来るからだろう。

十時前に公園に到着し、ふたりはキョロキョロ辺りを見回す。

「だいちゃん、かっちゃん、伊吹おじさんはまだ来ないわ。すべり台で遊んでいようか」

「……うんっ」

少し迷ったようなふたりの返事だったが、彼らは手をつないですべり台に向かった。

私もついていき、ふたりが遊具で遊ぶのをすぐそばで見守る。

しばらくして、黒のTシャツとカーキ色のカーゴパンツにスニーカーという軽装の伊吹さんが現れた。

私よりも双子がすぐに気づいて、彼のもとへすっ飛んでいく。

少し離れたところで話している双子は本当にうれしそうで、父親の存在に飢えているのだなとしみじみ感じて胸が痛む。

伊吹さんを真ん中に手をつなぎながら、三人が近づいてきた。

「おはよう」

「おはようございます」

「ふたりが飛んできてくれてうれしかったよ。和音は、俺が来てどう思った？」

突然答えに困る質問をされて困惑していると、伊吹さんはふっと笑みを漏らす。

「それはまた後で聞くことにする。だいちゃん、かっちゃん、行こう」

「はーい」

「いこ、いこ」

ふたりは楽しそうに伊吹さんの両手を引っ張ってブランコへ向かった。

お弁当の荷物があるので、ブランコ近くのベンチに座って三人が遊ぶのを眺める。

本当にふたりは私と遊ぶときよりテンションが高くはしゃいでいる。そんな姿を見ると、胸がだんだん苦しくなってくる。

これから先大きくなっていくふたりに、頼もしい父親は必要だ。でも伊吹さん以外考えられない。

そう思っても兄のことがある。輝かしい一族に汚点となる者がいてはならないのだ。

お昼寝が必要になるほどたくさん遊んでから、ピクニックシートを敷いてお弁当を食べることにした。

内容は先週と少し変えて、双子が好きなハンバーグを入れてきた。いなり寿司にして、とっておきのコーヒー豆を挽《ひ》いてポットに入れてきている。

「いぶきおじさん、これたべて」

普段は大輝より若干物怖じする克輝が、生き生きとした表情でハンバーグを指さす。

「ぼくたち、だーいすきなんだ」

大輝も笑顔で勧める。

「ありがとう。ふたりはハンバーグが大好きなのか。明日、お店に食べに行こうか。ママの都合がよければの話だが」

双子の目が私にいっせいに向けられる。

「ママ、ぼくいきたい！」

「ぼくも！」

「……でも、伊吹おじさんは忙しいと思うの。無理して約束しないでください」

最初の言葉は双子に。そして子どもたちが見ているので、顔をしかめないように伊吹さんに言う。

「無理などしていない。だいちゃん、かっちゃん。ママはいいみたいだ。明日、ハンバーグ食べに行こうな」

「わーい」

ふたりは両手を叩いて喜んだ。

お弁当を食べた後、伊吹さんは「明日、五時に迎えに行く」と言って帰っていった。

明日の約束があるので、子どもたちはすんなりと「バイバーイ」と手を振った。

子どもたちを伊吹さんに近づけてはいけないのに……。

翌日は朝から大輝と克輝はハンバーグを食べに行くのを楽しみに、いつもは出したおもちゃは片づけなさいと言ってもやらないのにきっちりしまっている。

伊吹さんの存在は絶大な影響があり、複雑な気持ちにならざるをえない。

約束の時間になって、双子を連れて部屋を出る。大輝と克輝は、兄夫婦の子どもたちのおさがりのシャツにグレーと紺色のズボンをそれぞれはいている。

公園ではなくレストランでの食事のため、家族感が出てしまうことについ気持ちが高ぶるが、もう伊吹さんと復縁なんてない。ちゃんとわかってもらうために会うのだ。

そういえば、迎えに来るって車？　電車よね？　車だったらチャイルドシートがなければ乗れないし。

エレベーターで下へ下りると、一階の郵便局の前の道路にブラックパールのＳＵＶ車が止まっており、外にグレーのスーツを着た伊吹さんが立っていた。

その姿に心臓がドクッと跳ねる。

「わぁ、いぶきおじさんだ！」

伊吹さんは双子に笑顔を向ける。

「車で？　子どもたちはシートがないと……」

「ちゃんと用意してあるから問題ない。だいちゃんとかっちゃん、乗って」

後部座席のドアを開けてふたりを乗り込ませる。

後部座席の両端にチャイルドシートが用意されてあった。

わざわざ用意しただなんて……。

伊吹さんはふたりにしっかりベルトを装着している。

「わーい。かっこいいくるま！」

ふたりのテンションが上がっていて、おしゃべりに夢中だ。

「ママは前でもいいかな？」

「うんっ！」

伊吹さんは子どもたちに許可を取って、私に助手席に乗るように言う。

私が助手席に座ってすぐ、彼も運転席に落ち着いた。

「……用意周到なんですね」

「もちろん。君を誘うんだから抜かりはないよ。じゃあ、出発だ」

車が動きだすと、うしろの子どもたちは両手を叩いて喜ぶ。

慎太郎さんは車を持っていないので、双子たちが車に乗るのは実家へ帰ったときだけだ。車を一種のアクティビティみたいに喜んでくれるのだ。

「ふたりとも運転の邪魔になるから静かにしててね」

賑やかすぎるふたりを注意するが、それでも興奮は覚めなかった。

「かまわない。子どもなんだから」

伊吹さんは気にならないようだった。

でも、双子が賑やかなおかげで、彼と気づまりにならずに済んだ。


二十分後、車は高層ホテルのエントランスに止められた。

最高級ホテルにあっけに取られる。

「ここ……?」

「ああ。そうだ。降りよう」

「ちょ、ちょっと待ってください。子どもたちが高級ホテルのレストランで食事なんて、ほかのお客様の迷惑になります」

「個室を予約したんだ。いくら騒いでも迷惑にならないから安心しろよ」

不敵な笑みを向けられて、言葉に詰まる。

その間に伊吹さんは外へ出て後部座席に移動し、双子のシートベルトをはずす。

車に乗っている時間が少なかったので、降ろされた彼らは不満そうだ。

「またのせてくれる?」

「もちろんだよ」

その返事に満足して、ふたりは笑顔になる。

大輝は克輝と手をつなぎ、克輝は私の手を握った。きらびやかなエントランスに見慣れていない彼らは不安になったみたいだ。

今日は会社員だった頃のラベンダー色のAラインワンピースを着てきた。高級ホテルでもなじめそうなのでよかったとホッとする。

「ママ、どこいくの？」

尋ねる克輝に伊吹さんが口を開く。

「これからレストランでごはんを食べるんだよ」

「ママのごはんがいいな」

そう言われて伊吹さんは弱った顔になり、私へ視線を動かす。

「かっちゃん、レストランのごはんはママのよりおいしいのよ」

「えーほんとう？」

大輝が瞳を輝かせる。食欲旺盛なのは大輝の方で、克輝はいつも兄に影響されて食べているのが本当のところなのだ。

私が約束すると、ふたりは納得した様子で歩き始めた。

二階にあるレストランで伊吹さんはスタッフに仰々しく出迎えられる。

さすがは祖父と父親の輝かしい経歴を持つ彼だ。余計にその肩書の重さに距離を感じる。

スタッフに個室へと案内される。

染みひとつない白いテーブルクロスに私がおののいているのがわかったのか、伊吹さんが「子どもなのでこぼして汚してしまうと思いますが……」と伝えてくれた。

「そのためのテーブルクロスなので、かまいません。お気になさらずにお子様に召し上がっていただきたく思います」

そう言ってスタッフは子ども用の椅子を示す。

テーブルは六人掛けだが、大人の椅子の隣それぞれの横に子ども用の椅子が用意されていた。

伊吹さんの隣にどちらが座るか、子どもたちは言い合いをしたが、じゃんけんで大輝が勝ち取った。

克輝は悲しそうな顔でシュンとなるが、伊吹さんが「デザートを食べるときは場所を交換しようか」と言葉をかけ、大輝に「それでいいよな?」と説明するとふたりとも納得したようだ。

子どもを育てたことがないのに、采配は父親そのもので、胸の奥が痛くなる。

高級レストランが幼児用に特別に作ったメニューらしく、ハンバーグやポテトフライ、サラダ、エビフライがひとつのお皿にのっていた。ふたりは喜んで食べ始める。

大人は和牛ステーキのコース料理で、飲み物はノンアルコールのシャンパンだ。

「和音、食べよう」

「こんな豪華なお料理すみません」

「気にしないでいい。子どもたちが喜んでくれているところを見るのが、俺には楽しいんだ」

「伊吹さん……」

彼は自分が父親だと気づいているのだろうか。でも、認めたらだめ。

双子は残さずに料理を食べ終え、メロンのミニパフェが出される頃、席を交換してもりもり食べていた。

食事を終えてホテルを出てから車に乗り、伊吹さんは双子のためにベイエリアに向けて走らせてくれるという。後部座席から大輝と克輝の「おいしかったね」などと話す声が聞こえてくる。

数分後、ライトアップされたブリッジが見えてきた双子は「ママ、いぶきおじさん、きれいだねー」と喜んだ。

しばらくふたりは話をしていたが、いつの間にか眠りに落ちていた。

振り返って双子が眠ってしまったのを見て、笑みが広がる。

今日のような体験は初めてだったから、寝顔は幸せそうに見えた。

「和音」

ふいに運転をしている伊吹さんに名前を呼ばれ、ビクッと肩が跳ねて体をもとに戻す。

「ちゃんとふたりだけで話がしたい。来週土曜日、子どもたちを誰かに預けられるか？」

このままでいたら、双子はさらに伊吹さんを父親のような存在として見てしまうだろう。

話し合わなければならないのは痛感している。

「妹に聞いてみます」

「ああ。じゃあ、これから送っていく」

「ありがとうございます……」

伊吹さんは双子を起こさないようになのか黙って運転をしており、クラシックの曲が静かに流れる車内で気まずさに襲われた。

翌日、仕事を終わらせて朱音の家へ自転車を漕ぐ。

玄関を入ると、いつものように双子が出迎えてくれる。少し遅れてさっちゃんも姿を見せて「おかえりなさい」と言ってくれた。

「さっちゃん、ただいま」

双子に手を引かれてリビングへ歩を進めると、キッチンの中にいた朱音がこちらへやって来る。

「おかえり〜」

朱音がニヤニヤしている。

「なに笑っているの？　気持ち悪いわ」

「ちょっと、ここに座って」

彼女は私をソファに座らせ、自分も隣に腰を下ろす。

「お姉ちゃん、いぶきおじさんって誰？」

「え……」

「ふたりをお迎えに行ってから、今日はずーっと〝いぶきおじさん〟の話を聞かされていたの。すごい車に乗っていて、って」

「……実は」

双子が離れた位置で遊んでいることを確認してから口を開く。

「彼らに聞こえないように話してね。ローマで知り合った、大使館に勤めている防衛駐在官が伊吹おじさんで……双子の父親なの」

朱音は驚いた顔になったが、念を押しておいたので、口をパクパクさせるだけに留まった。

「その人は自分の子どもだって知っているの？」

「ううん。彼の家は、逮捕歴のある家族がふさわしくないくらいの家柄なの。だから、妊娠がわかってすぐに好きな人がいるってメッセージを送って別れた。でも、二週間前くらいに突然カフェに現れて……」

「あ！　あのときの高身長で体躯のいい男性ね？　チラッと見たわ」

朱音は思い出したように、ポンと手を打つ。

「そう……。双子が彼の子どもだと絶対に知られてはいけない。それで、もう関わらないでほしいと話すために彼に会う予定なんだけど、朱音に今週土曜日にふたりを預かってもらえるか、聞こうと思っていたところなの」

「もちろんいいわよ。ふたりがいたら話ができないものね」

協力的な妹に心の底から感謝の念にたえない。

「ありがとう。助かる」

「でもさ、お兄ちゃんの件はもう解決しているんだし、騙されて損したのはこっちなんだよ。そのことをきちんと話して、よりを戻せないの？」

「朱音……」

「ふたりには父親が必要よ？　お姉ちゃんだって今まで、子育てもあったけれどほかの男性には目もくれなかったんだし、まだ愛しているんじゃない？」

言いあてられて狼狽《ろうばい》するが、首を左右に振っただけで立ち上がる。

「ひと晩でもふた晩でも預かるから、ちゃんと話をしてね」

彼女は立った私を仰ぎ見てにっこり笑った。


伊吹さんと会う土曜日は朝から雨で公園へ行かず、小雨になった午後に双子を朱音の家に連れていった。

玄関先で双子を預かった朱音は「ちゃんとおしゃれして会うんだからね」と、ラフな服装の私に念を押す。

今でも愛している人だから、私だって少しでも綺麗に見せたい。

「ふたりをよろしくね。大輝、克輝。朱音おばちゃんの言うことをちゃんと聞くのよ」

「うんっ！　ママ、バイバイ」

さっちゃんと遊べるのがうれしいのだろう。元気な返事をしてさっちゃんとリビングへ行ってしまった。

「楽しんできてね」

楽しんで……。そうできたら、どんなにいいか。今は胃がキリキリと痛んでいた。

今日は先日とは違う港区のホテルのレストランで待ち合わせをしている。伊吹さんは車で来ると言っていた。胸を暴れさせながらエレベーターに乗り込んだ。

五十二階にある素晴らしく眺望のいいレストランらしい。唯一上質な黒のチュール素材を使ったワンピースを着てきてよかったと考えながら何気なく辺りを見回すと、オープンキッチンの中でシェフたちが動き回っていた。

窓側のテーブルに案内されると、先に来ていたチャコールグレーのスーツ姿の伊吹さんが立ち上がった。

「和音」

「こんばんは……」

ふたりきりで会うので、口から心臓が飛び出てきそうなくらい緊張している。

スタッフが椅子を引き、腰を下ろしたところで、黒服の口ひげを綺麗に揃えた年配男性がやって来て「本日はありがとうございます」と挨拶をしてから飲み物を伊吹さんに相談する。

こんな素敵なレストランなのだから、彼はアルコールを飲みたいだろう。

「伊吹さん、ひとりで帰れますからお酒を飲んでください」

そう告げると、伊吹さんは顔を緩ませてソムリエの話を聞き、シャンパンを選ぶ。

イタリアでは彼は庶民的に思えたけれど、こうして堂々とスタッフたちと対応しているところを目のあたりにすると、育ちのよさがうかがえる。

ソムリエが立ち去ると、彼の意識が私へ向けられた。

「今夜はずっと一緒に過ごしたい」

「有栖川さん……」

「名前を呼んで」

彼はあの頃のように甘く私を見つめる。

何度もこんなふうにふたりで会う瞬間を望んでいた。けれど、それはあまりにも突然で、心のゆとりもないまま進んでしまっている。

どんなに惹かれていても、双子は伊吹さんの子どもだと知らせてはいけない。

「……今日は、私とあなたとではうまくいかないことをわかってもらいたくて来たんです」

「それならやはりひと晩中でも時間が必要だな。俺は食事の時間だけでは納得しない」

きっぱり言い放たれて、ぐうの音も出ない。

「和音、俺は本気だ。やっと日本に戻ってきて君を捜し出せたんだ。ほかの男のものになっていたのならあきらめもつくが、そうじゃないだろう？　俺を説得したいのならひと晩かけて説得してくれ」

ひと晩かけて……なんて魅惑的な響きなのだろう。

そう考えてすぐに自分を諫める。

伊吹さんはひと晩中話をしようと言っているだけよ。

「和音？」

「……わかりました。ひと晩かけてあなたにあきらめてもらいます」

折れた私に伊吹さんはうなずき、誰かに向かって手を上げた。

するると、先ほどのソムリエがテーブルの横に立つ。

「ノンアルコールではなく、先ほど薦めてくれたシャンパンをお願いします」

え……？　ノンアルコールを頼んでいたの？　私が拒否したら早めに車で送るつもりだったんだ。私はうまく伊吹さんにのせられたの？

「かしこまりました」

ソムリエはうやうやしく頭を下げて立ち去る。

「ノンアルコールを頼んでいたなんて……騙したんですか？」

「騙したなんて人聞きが悪いな。俺たちの夜に水を差すなよ」

「お、俺たちの夜って……」

あっけに取られているところへ、シャンパンが運ばれてきた。

贅沢な食材で仕上げられたおいしい料理を堪能しながら、お酒はシャンパンからワインに代わっている。

カリフォルニアの赤ワインは口の中に葡萄《ぶどう》の芳醇《ほうじゅん》さが広がっていき、私を解放的な気分にさせる。

考えてみたらローマから帰国後、お酒は一滴も飲んでいなかった。

国産牛のやわらかいステーキを切りながら、酔い始めているのを感じた。

「大将やあやさんはお元気ですか？」

「ああ。今年の一月に女の子が生まれたよ」

「そうだったんですね」

「生まれたての赤ちゃんがあんなに小さいとは思わなかったよ。大将もデレデレだ」

三年以上も経ったのに、大将が赤ちゃんを抱いて甘々の顔をしている様子は想像がつく。

あの頃の話をしてしまうと、過去に戻ったみたいに伊吹さんへの愛情が蘇ってしまうから困る。話を持ち出さなければよかった。

「だいちゃんとかっちゃんは双子だから、産んだとき大変じゃなかったのか？」

子どもの話は避けたいのに、尋ねられて無視するわけにはいかずコクッとうなずく。

「出産まであと一カ月という頃に切迫早産で入院して、少し早く生まれました。でも、未熟児ではなくちゃんと育ってくれて、ふたりとも元気です」

「大変だったんだな……。彼らの父親とは今も会っているのか？」

父親のことを尋ねられてビクッと肩が跳ねる。

「……いいえ、会っていません」

「その人は子どもたちのことが気にならないのだろうか？　あんなにかわいいのに」

「子煩悩なタイプではなかったので」

嘘の積み重ねで胸が痛い。手持ち無沙汰でワインを喉に流す。

「もう子どもたちの父親のことは話したくないです」

「そうだな。俺たちのことを話そう」

「……何度も言っていますが、子持ちの女なんてかまわずに、あなたにふさわしい女性とお付き合いして結婚すればいいと思います」

「もう俺をなんとも思わない？　あの情熱的に愛し合った時間を、すっかり別の男に上書きされたのか？」

あの夜を思い出させようとしないで……。

彼は私を見つめたまま長い指でワイングラスを持ち口へ運ぶ。

「帰国して寂しくなっただけなんじゃないか？　今も俺を愛していると言ってくれ」

直球で諭されて、心臓がドクンと跳ねる。

「……もうあなたへの愛はないです。や、やっぱり私はここにいてはいけない。食事が済んだら帰ります」

「和音、帰さないと言ったら？」

「そんなことできるはずないです」

　すると、伊吹さんはふっと口もとを緩ませた。

「それなら、もう一度だけ俺に愛させてくれないか？」

「な、なにを言っているんですか⁉」

　顔に熱が集まってきて、伊吹さんをまともに見られない。

「和音が欲しい」

「こんなところでそんなことを言うなんてどうかしてます」

「ここだから言っているんだ。部屋だったら同意なしに君を奪ってしまいそうだから」

「私は……」

　伊吹さんが私の体を見たら、愛が冷めるかもしれない。

　毎日が慌ただしく過ぎていき、自分のメンテナンスなんてまったくできていない。胸も小さくなった。鏡を見るたびに魅力的ではないと思っている。そんな体に伊吹さんは幻滅するかも。

　でも、母になっても彼に抱かれたときの享楽は忘れられない。どんなふうに伊吹さんが私を征服していったかを思い出すと、体が疼いてくる。

「私は？」

伊吹さんがオウム返しで先を促す。

赤ワインのグラスを手にして、いっきに飲み干す。お酒の力を借りなければＹＥＳと言えない。

彼はボトルを持って、空いたグラスを満たす。

「わかりました？」

わけ知り顔に繰り返す彼に、心の中で『策士で鬼畜！』と文句を言う。

「あなたはきっと、私から関係を絶ったことに腹を立てているんです。その自尊心を取り戻すために寝てあげてもいいです」

了承したと彼に告げると、心臓が大きく暴れ始めた。羞恥心で顔も熱い。

「どんな理由にせよ、俺が君を欲しいということに間違いはない」

伊吹さんの目に熱情を感じて、さらに大きくドキドキと鼓動が早鐘を打つ。そんな気持ちを悟られないようにステーキを口に運んだ。

デザートまでたっぷり堪能……という気持ちにはなれず、完食をせずにレストランを出てエレベーターに乗る。

着いた部屋は広々としており、ここがスイートルームなのだと気づく。

「ここは……スイートルーム……ですよね?」

「ああ。俺たちの夜にふさわしい部屋を選んだ。とりあえず、座ってろよ。飲みやすい酒を作る」

そう言って伊吹さんは私をシックで豪華なソファに腰を下ろさせ、バーカウンターでお酒を作り始めた。

お酒の力を借りれば、この気まずさがなくなるかもしれない。

伊吹さんはバーボンと氷が入ったふたつのグラスを持ってきて、テーブルに置くと隣に座る。

「和音、無理強いをしたくない。君を前にして失いたくない気持ちから、半ば脅すようなことをしてすまなかった。ただ一緒にいてくれるだけでいい」

そっと抱きしめられて唇が重なった。

たった今言った通り、無理強いをすることなく軽くキスをされただけで唇は離れていく。

唇が重なった瞬間、どんなにこの瞬間を待ち望んでいたのか気づかされた。でも、想いは知られてはならない。コインのペンダントをはずしてきてよかった。

「……私」

「嫌か？」

嫌じゃない。でも、言葉にできなくて、小さく首を左右に振る。

態度で示した途端、唇が荒々しく塞がれ、熱い舌が口腔内に入り込んで舌を追って絡ませられる。

「んっ……ふ……っ」

伊吹さんの力強い腕で抱きしめられ、全身がとろけてくるようなキスをされて、ローマでの夜が蘇ってくる。

ワンピースの背中のファスナーが下りて、ランジェリー姿を伊吹さんの目にさらし羞恥心に襲われている間にブラジャーに手がいく。

背中に回した手でホックをはずされ、私は胸を見られないようとっさにブラジャーが落ちないよう押さえる。彼はその手をどかし、大きな手のひらに包まれた。

「あ、愛されるほど綺麗じゃ、なくなって……」

「あの頃と同じように美しいよ。どんなに綺麗か教えようか？　俺の記憶にある通り美しいよ。肌もなめらかで触り心地がいい。あの頃と同じだ」

その言葉は私に少しずつ自信を持たせてくれる。

「……伊吹さん」

「やっと俺の名前を呼んでくれたな」

彼は極上の笑みを浮かべて私を抱き上げるとベッドに運び、自分が女であることを、時間をかけて思い出させてくれた。

朝日が出る前の早朝、薄暗い室内で目覚める。

彼に抱きしめられたままの状態で、ずっと一緒にいたいという思いをいだきながらも、初めて子どもたちと過ごさない夜だったことで心配になってくる。

昨夜朱音に外泊する旨を伝えたら、日曜の今日も夜まで面倒を見るからゆっくりしておいでと言ってくれた。けれどやっぱり早く迎えに行こうと決意して、伊吹さんを起こさないようにそっとベッドを出る。

服を着て、メモ用紙に【時間をください】と書いてテーブルの上に置く。

寝ている彼を起こさないよう、音を立てないようにして静かにスイートルームを後にした。

タクシーで自宅に戻り、コーヒーを入れる。

舌が火傷《やけど》するくらいの熱いコーヒーをひと口飲むと、冷静になってきて、やはり住む世界の違う彼とはもう会うべきじゃないという思いになった。

伊吹さんから離れなければ……。

スマホを見ると、伊吹さんからメッセージが入っていた。

【そんなに待てないから。愛している。和音】

愛している……。そう言って、伊吹さんは優しく何度も抱いた。

目頭が熱くなっていき、頬に涙が伝わった。

雨は昨晩で上がっていたので、今日はお天気だ。

泣いた目は少しひりついたが、鏡で確認したとき赤みはなくなっていたので、朱音に悟られることはないだろう。

十一時過ぎ、自転車で朱音の家へ向かった。

子どもたちは慎太郎さんが公園に連れていってくれていて朱音だけだった。

「お姉ちゃん、早くない？」

「……ん」

「どうかしたの？　彼とうまくいかなかった？」

キッチンカウンター近くのテーブルに座り、朱音がお茶を入れてくれる。

「うまくというか……やっぱり、彼にふさわしい女性と結婚するのが一番だと結論を出したの」

「え？」

湯のみを持った朱音はあっけに取られて、一度テーブルに置く。

「お姉ちゃんがふさわしくないなんてないよ？」

小さく首を左右に振る。

「このままここにいたら、彼から離れられなくなる……。実家へ帰ろうかなって考えているの」

「そんな！」

朱音はあぜんとなって、私の顔を食い入るように見つめる。

「前から山口に戻ってくればって言われていたの。お父さんがカフェの資金を貸してくれるって……」

「カフェはお姉ちゃんの夢だったから、応援したい気持ちはやまやまだけど……私はだいちゃんとかっちゃんがいてくれて楽しいし、さっちゃんも私も慎太郎君もお姉ちゃんたちがいなくなったら寂しいし、悲しいな」

朱音に話しても自分の気持ちはまだはっきりわからない。ただ、伊吹さんから離れるには実家へ行くのが一番いいと思えてくる。

「……お姉ちゃんの人生だから、私は強く言えないけど。よく考えて結論を出してね。たしかに、山口へ帰ったら生活は楽になると思う。お姉ちゃんの考えを尊重するわ」

「ありがとう。朱音や慎太郎さんがいなかったら、ふたりを育てられなかった。感謝してる」

「感謝なんていらないわ。私だって上京したときからずっとお姉ちゃんを頼りにしていたんだし。大好きなお姉ちゃんに、できればいい人が現れて幸せになってほしいって思っているんだから」

私の幸せ……。

ほかの男性なんて必要ない。伊吹さんでなくてはだめだ。

でも、私たちの間にはナポリで見たときの城壁よりも高い、家柄という壁が立ち塞がっている。

九、永遠の愛を誓って

伊吹さんとの夜を過ごしてから一週間。昨日、彼から仕事でローマへ行ってくるとメッセージをもらった。

ローマ……。まだホームページに載っている大使は変わっていない。田辺さんの活動拠点もローマのようだ。

やはり、子持ちの生活に疲れた女など興味がなくなったのかもしれない。

そう考えると胸がズキッと痛むが、これでいいのだと必死に納得しようとしていた。

連休明け、保育園に双子を預けて出勤したら、お店の機器不調で急遽《きゅうきょ》午後の仕事が休みになった。帰り支度をしていたとき、ちょうど可南子からメッセージが届いた。

なんでも今日は外部研修でお店の近くまで来ているらしく、昼には終わり半休を取っているから少しでも会えないかという内容で、子どもたちを迎えに行くまでの間に会うことにした。

約束したカフェに到着して店員に案内されると、すでに可南子が待っていた。

「おつかれ～」

彼女は手を振ってにっこり招く。

「おつかれさま。どう？　忙しい？　まずはなにか食べようか」

可南子は私が勤めていた以前のコーヒー関連の会社に変わらず勤めている。最近、営業事務の主任になったそうだ。

恋人もいたりいなかったりで、現在はゴールデンウィーク前に別れたらしくひとりで寂しいと言う。彼女は恋多き女で、人生を楽しんでいるみたい。

それぞれに頼んだものが届いて食べ始める。なにげない日常の報告をしながらも、伊吹さんと再会した話はできない。ひと晩をともにしたなどと言ったら、可南子は相当驚くだろうな。

「それにしても久しぶりね。誘ってくれてありがとう」

「シングルマザーは毎日が戦いだものね。双子ちゃんは大きくなった？」

「そうね。だいぶお話も上手になったし、ふたりのそれぞれの個性が出てきたわ」

可南子と楽しく話をしながら食べている最中、ふいにテーブルに影が落ちる。

そちらを見ると、立っていた人物にあぜんとなった。

「達也……」

「間山、帰社したんじゃなかったの？」

「岸谷がここへ入るのが見えて。まさか和音といるとは驚きだよ」

驚く私たちをよそに、勝手に達也は隣に座る。

「腹減った。すみませーん」

メニューへサッと目を通して、通りがかった店員を呼んでしまった。

「ところでさ、和音がシングルマザーってどういうこと？　それも双子？　何歳？」

「な、何歳だっていいでしょ」

達也の姿を見るのは退社以来だが、本当に自分が婚約していたのか不思議になるほど彼に対してなんの気持ちも残っていない。

伊吹さんと比べるとすべてにおいて達也は薄っぺらに思えてしまう。

場を持たすために仕方なく、退社後バリスタ留学をした話をした。

「へぇ、じゃあ今はカフェで働いているんだ。子どもたちはその間どうしてるの？」

「保育園よ。土曜日にお弁当を持って公園へ行くのが恒例になってるわ」

「ふ～ん。公園なんてつまらなくないか？　俺なら遊園地へ連れていってやるよ」

「あなたに連れていってもらおうなんて思っていませんから」

話の流れで公園の名前を口にし、そこはほかのところよりも遊具があって子どもたちは楽しんでいると付け加えた。

公園で双子たちと思いっきり遊んでくれた伊吹さんを思い出す。

まだローマから戻ってきていないのだろうか。

そう考えて、小さなため息が漏れる。

このまま離れた方がすべて丸く収まるのだ。

「可南子、申し訳ないけど帰るわ」

達也との時間に耐えられず席を立ったところで、タイミング悪くランチセットのデザートが届いてしまった。今日に限って奮発して豪華なランチにしたんだった……。

「座れよ、アイス溶けるぞ」

仕方なく椅子に座ってスプーンを手にする。

「あ、電話が。ちょっと出てくる」

可南子はスマホを持って席をはずし、すぐに戻ってくる。

「和音、ごめん。営業案件で連絡が入っちゃったわ。急いで会社へ戻らないと」

「うん。行って。私も食べ終えたら出るから」

可南子はランチ代をテーブルの上に置き、私に両手を合わせてから立ち去った。

彼女がいなくなって気まずい思いをしながら急いでデザートを食べ終え、すぐにお金を置いて立ち上がった。

「子どもを妊娠してまた男に逃げられたって、お前、男運悪すぎ」

耳を疑う彼の言葉に、苛立ちが込み上げる。

「勝手なこと言わないで。じゃあ、さようなら」

達也から離れようとしたら手首を掴まれ、彼の方に引き寄せられた。

「なあ、俺とやり直さない？　岡島とはうまくいかなくて、すぐに別れたんだ。俺が子どもたちの父親になってやるよ。っていうか、俺の子どもなんじゃない？」

「ち、違うわ。あなたとは絶対にやり直せませんから」

掴まれていた手首を振りほどいて、店の外へ飛び出す。地下鉄の改札へと急いだ。

まったくとんだ勘違い野郎だわ。

電車に乗り込んでも、達也の言動にイライラさせられていた。

私は彼と結婚しなくて本当によかったのだ。


週末、いつものようにお弁当を持って公園へ向かう。

ふたりは一目散に大好きなすべり台へ駆けていき、小走りで後を追った。

「ママー」

すべり台の上から下にいる私に大輝が手を振る。うしろに克輝もいる。

「ひとりずつ降りるのよ」

声をかけると、大輝からすべり台をすべってくる。

今日の公園も子どもたちで賑やかだ。

遊んでいると暑くなったのか、大輝と克輝が脱いだ上着を渡しに来て、半袖のTシャツ姿で駆けていく。

最近はうんていがふたりとも好きで、手を伸ばして脚が少し浮くくらいの子ども用のところで遊んでいる。転んだら危ないので、すぐ横へ行き見守る。

うんていといっても、腕の力がないのでぶら下がっては手を放しての繰り返しだ。

「君たちが和音の子どもか」

突として男性の声が背後からして、びっくりして振り返る。

「間山さんっ。どうしてここに？」

「土曜日にここへ来てるって、こないだ教えてくれただろう？」

「教えたわけではないです」

ムッとして突き放すように言い放つ。

「この子たちすっごくかわいくないか？　和音、俺の子だろう？　俺に似てる」

突拍子もない憶測に一瞬耳を疑って言葉が出てこなかった。

「黙っているところを見ると、やっぱり俺の子どもか。それなら責任を取って結婚しよう」

「な、なにを言っているんですか。間山さんの子どもじゃありませんっ」

思いっきり否定したそのとき、誰かがこちらに向かって歩いてくるのに気づいた。

「彼らは俺の子どもだ」

頭の上から降ってきた声にビクッと肩を跳ねさせる。

「あ！　いぶきおじさんだぁー」

双子はうんていから離れて、伊吹さんの脚に抱きつく。彼は紺色のポロシャツにジーンズ姿で、体躯のよさに圧倒される。

「だ、誰ですかっ」

達也は突然現れた伊吹さんに驚き、声が上ずっている。

「この子たちの父親です。あなたは？」

「元婚約者です」

「ああ、元婚約者」

伊吹さんのちょっと小バカにしたような口調に、達也は顔を真っ赤にさせる。

「間山さんでしたっけ？　あなたの出る幕はありません。お引き取りください」

続けて伊吹さんは追い打ちをかける。

達也は顔を赤らめながらも眉根を寄せて尋ねる。

「和音、本当にこの人が子どもの父親なのか？」

「間山さんにはどうだっていいでしょう？　あなたでないことは確かです。帰ってください。迷惑です」

彼みたいな人にはオブラートで包んだ言い方ではわかってもらえないので、きっぱり言い放った。

「なんだよ。こないだ俺が子どもたちの親みたいなニュアンスだったから来てやったのに」

「そんなこと言っていません。勝手な解釈をしないで」

「ママ？」

大輝と克輝が困惑している。普段の母親の顔ではないので、びっくりした様子だ。

伊吹さんがふたりを抱きしめ、達也に向かって口を開く。

「子どもたちが驚いている。お引き取りください」

「クッ……」

達也は悔しそうに呻いてからその場を立ち去った。

「だいちゃんとかっちゃん、もう大丈夫だから遊んでいいよ。おじさんはママとお話があるから」

「うんっ！」

素直に返事をした双子は、スプリングのある動物の乗り物へ向かった。

「座ろう」

双子が乗っている遊具の近くのベンチに誘導されて腰を下ろす。

「ありがとうございました。助かりました」

「あの男が元婚約者か」

伊吹さんは自分が双子の父親だと言ったのは、あの場限りの嘘をついたのだろう。子どもの父親だと伊吹さんに教えられない。秘密は守らなければならない。

「最低で自分勝手な男ですよね。恥ずかしいです」

「彼の話はもういい。俺たちのことを話そう」

三メートルほど離れた隣のベンチには、ふたりの若い母親がいる。聞こえてしまわないか心配になりながら、音量を下げる。

「話なんてないです。ローマから戻っていたんですね。おかえりなさい」

「昨日着いたんだ。今日ここへ来れば君たちに会えると思った。元気に遊ぶ彼らに活力をもらいたかったんだ」

伊吹さんは楽しそうに遊んでいる双子に視線を向けている。

「活力……？」

「ああ。元気をもらえる。俺は君から言ってほしかったから黙っていたが、本当は俺が父親だとわかっていた」

びっくりして隣に座る伊吹さんに顔を向ける。

「違います！」

大きな声を出してしまってハッとして、隣のベンチへ顔を向ける。

若い母親たちは興味深そうにこちらを見ていた。話の内容よりも伊吹さんの容姿が気になるのかもしれない。

伊吹さんも彼女たちが聞き耳を立てているのがわかっているみたいで立ち上がり、それから私に手を差し出す。

「ここでは話せない。少し遊ばせたら連れていきたいところがある」

この際、しっかり話をしてきっぱり離れてもらおう。心は苦しくて仕方ないが。

伊吹さんは私から離れて双子たちのところへ向かった。

誰が見ても彼らは親子だと思うくらい似ている。とくに大輝は伊吹さんのきりっとした目もとがそっくりだ。

隠し通せないのなら、事情を話してもう二度と会わないようにしなければ。

伊吹さんは勝手に産んだことには腹を立てていないようだけど、ずっとうしろめたかったし、申し訳ない気持ちでいっぱいだ。

しばらく遊んでいた三人が私のもとへ戻ってくる。

「ママー、いぶきおじさんがいこうって」

大輝と克輝は伊吹さんと手をつないでご満悦状態だ。

「和音、近くのパーキングに車を止めてある。行こう」

どこへ行くのかわからないが、きっと話ができるところへ連れていかれるのだろう。


車を少し走らせてタワーマンションの地下駐車場へ入っていく。

うちからそれほど離れていない。

双子はラグジュアリーな雰囲気のエレベーターに興味津々のようで、キョロキョロと見回している。

「高いから景色がよく見えるよ」

エレベーターのインジゲーターは高層階で止まった。

「どこへ行くんですか？」

尋ねると伊吹さんはその質問には答えずに「もうすぐだよ」と口にする。

エレベーターを降りても廊下やいくつかの玄関と思われるドアは重厚で、困惑する。

どこへ連れてこられたのかわからないままなので、心臓が暴れてくる。

鍵を開けた伊吹さんは双子の靴を脱がせてあげて「入っていいよ」と中へ行くように誘導する。

玄関には大輝と克輝以外の靴はない。

「和音も入るんだ」

「ここは……？」

彼はスニーカーを脱いでシンプルな紺のスリッパに足を入れ、私にも同じようにするよう手で促す。

「俺たちの家だ」

「え？　お、俺たち？」

中から双子の歓喜の声が聞こえてくる。

「ママーきてー」

「こっちだ」

伊吹さんが私の肩に手を置いて、双子の声がする方へ連れていく。

廊下を進んだ先に広いリビングがあり、空が臨める大きな窓が目に飛び込んできた。

「ソファに座っているか、あちこち見て回ってもいいよ。俺は飲み物を入れてくる」

リビングの左手のアイランドキッチンへ伊吹さんは歩を進める。

「ママ、しゅごいおうちだね」

「そうね……」

「またみてくるー」

「あ！　おとなしく……」

この先の話し合いに意識が囚われて、興奮した様子で脱兎《だっと》のごとく走り出した双子を落ち着かせる余裕がない。

伊吹さんがふたつのプラスチックのマグカップにオレンジジュース、グラスにアイスコーヒーを入れて戻ってきて、窓に向かって置かれたカウチソファのセンターテーブルに置く。

「座れよ」

言われるままにカウチソファに腰を下ろすと、隣に伊吹さんが座る。

「ここへは出張前日に引っ越ししてきた。君たちと一緒に暮らすために」

「伊吹さんっ！　勝手に決めないでください！」

「やっと伊吹さんと呼んでくれた。和音、結婚しよう。いや、してほしい」

真摯に見つめる漆黒の瞳につい見入り、コクッとうなずきそうになるのをこらえる。

「……やめてください。あなたが彼らの父親じゃないです。言ったじゃないですか。帰国後知り合った男性だって」

「どうして嘘をつく？　ＤＮＡ鑑定をする？　確実に俺の子どもで間違いないと出るだろう」

「どこからそんな自信がくるんですか？」

「なぜかたくなに否定するんだ？　帰国後、君が一夜をともにした男などいない。子どもたちの月齢は俺と愛し合った時期と合っているじゃないか」

しっかり調べ上げたのだろう。彼にはそれができる人脈がある。

「だ、だとしてもだめなんです」

「どういう意味だ？」

うつむき、彼の話に流されてはだめだと必死になって自分に言い聞かせていると、伊吹さんに手を握られ顔を覗き込まれる。

「見ないでください」

顔を背けて彼の目から逃れたい。

「ちゃんと目と目を合わせて話してくれ」

目を合わせたら私の気持ちが伝わってしまう。そう考えて、視線を逸らす。

「和音。これは子どもたちの将来にも関わってくるんだ。なぜ妊娠したことを知らせずに関係を絶った？」

子どもたちの将来……。

「……伊吹さんと田辺さんは結婚すると思っていました。彼女がそう言ったので」

「それは大将のところで？」

「はい。田辺さんはまだ伊吹さんに話はいっていないけれど、家柄として私たちはふさわしいと」

「家柄？」

彼は困惑した様子で眉根をひそめて見つめてくる。

「それと、田辺さんの結婚が決まったという記事を見たんです。どんどん話が進んでいるものと思っていました。伊吹さんの家は由緒正しい武家の家柄で、おじい様やお父様は規律を重んじる職業に就かれている。伊吹さん、あなたも。大使のお嬢さんは有栖川家にふさわしいと」

「連絡をしてくれればよかったんだ。彼女との縁談話はあったが断っている。和音から突然好きな人ができたと言われてすぐ連絡が取れなくなって、モヤモヤしつつも最初はあきらめた方がよいのかと思っていた」

縁談を断った……。でもどちらにせよ、私は伊吹さんの相手にはふさわしくない。

困惑していると、彼は言葉を続ける。

「しかし最近になっても凛々子が結婚を迫ってくるので断ったら、怒った彼女が『犯罪者の妹が好きだと言うの？』などと口をすべらせたんだ。どういうことかと、悪いが調べさせてもらった。もしかして和音はそれが原因で別れを選んだんじゃないかと思って、帰国後すぐに捜索し始めたんだ」

家族のことまで調べるなんて……でも、そのおかげで伊吹さんは私を捜し出してくれたのだ。

伊吹さんが兄のことを知った上で私を捜してくれたと知って、とてもうれしい。

だけど……やっぱりうちは伊吹さんにとってはふさわしくない家族……。

「俺は和音に連絡を絶たれてしばらく傷心していた。家柄なんて関係ない。たしかに厳格な家ではあるが、ふさわしい、ふさわしくないと、今はそんな時代じゃないだろう？」

私だって、どんなに連絡をしたかったか……。

いろいろなことを考えたら連絡を絶つのが一番だと思ったのだ。

「……妊娠が発覚して、少しして兄が友人に騙されて知らない間に詐欺の犯人になってしまったんです。兄は故郷で父と一緒に不動産会社を。兄も友人に騙されたわけですが、被害者側に損害額を支払って実刑は免れました」

真剣に息をひそめるように私の話を聞いていた伊吹さんは、大きなため息をつく。

「そういう事情だったのか……」

「あなたの奥さんとしてふさわしくない、それならなにも話さずに関係を絶ってシングルマザーとしてやっていこうと思ったんです」

「和音、君と連絡がつかなくなりどんな気持ちでいたかわかるか？　できることなら日本に戻って君を捜したかった。しかし冷静になってくると、君は旅先で出会った親切な男に体を差し出して礼をしただけなのだと考えるようになった」

まさに私がそう思ってくれれば……と考えたことだ。

「だが、ずっと君を忘れられなかった」

その声は蜜のように甘く、心臓がドクンと跳ねる。

「今年の三月に帰国して信頼のおける知り合いの興信所に依頼したんだ。俺に子どもさがいると知り、最初は戸惑ったがしだいに喜びに変わった。大輝と克輝と接して、さらに愛しい存在だと胸が弾んだよ」

伊吹さんの手が膝の上で握っている私の手に置かれる。

「今までよくひとりでがんばってきたな」

優しい言葉にこれまでの日々が思い出され、つい涙腺が緩み涙ぐむ。

「みんなに支えてもらって、幸せにやってこられたの」

「これからはその幸せに俺も参加させてほしい。和音、愛している。俺と結婚して。一生大事にする」

「で、でも……あなたは家族はいらないと言っていたわ」

「あのときは本当にそう思っていた。海外赴任は想像以上に大変なんだ。同僚の家族が現地で困っている様子をたくさん見てきた。自分に大切な人ができても苦労させるくらいなら、家族を持たない選択もありなのかと」

知らない土地での生活は、たしかに苦労が計り知れないだろう。それでも彼と子どもたちと一緒にいられるのなら、こんなに幸せなことはない。

「伊吹さん、本当に……私でいいの？　あなたにふさわしい女性はたくさんいるはずよ」

「君はずっと俺を愛してくれていたんじゃないのか？」

彼の手が私の首もとに伸び、チェーンが引き出されてコインが露出した。

「再会したときにすぐわかった。震えるほどうれしかったよ」

そう言って、安堵したような笑みを浮かべる。

「出産のときだってはずさなかった。メンテナンス以外ではずしたのはこの前が初めてだったの。これを身に着けていると、伊吹さんがずっと力をくれているみたいでがんばれた」

「カフェを経営していないとわかって胸が痛んだよ。俺はいつでも和音と子どもたちのそばにいたいと思ってる。でもそれは海外赴任の場合も一緒だ。日本でカフェを開けないかもしれないが、それでもいいのか？」

「カフェはいいの。これからは伊吹さんと子どもたちのために生きていきたい。あなたとならどこへでも行ける」

「和音、愛している。今まで子どもたちを育ててくれてありがとう」

伊吹さんに引き寄せられ、甘く唇が重ねられた。

いつ大輝と克輝が現れるか気が気じゃなくて、唇が離れた後立ち上がった。

「ふ、ふたりはどこに……」

「母親の顔に戻ったな。仕方ない。夜までお預けだな。よし、見に行こう」

伊吹さんは破顔してすっくとソファから立ち上がると、私の腰に腕を回して双子が先ほど消えていった方へ歩を進めた。

「だいちゃん？　かっちゃん？」

名前を呼んでも彼らから返事はなく、不思議に思いながら少し開いているドアに近づく。

「俺のベッドルームだ」

そっと開けてみると、キングサイズのベッドの上で大の字で寝ているふたりがいた。

「汚れている服のまま……それに、こんな時間に寝たら夜が大変――」

「起こさなくていいじゃないか。目を覚ますまで俺たちの時間にしよう」

そっとドアを閉めた伊吹さんは私の手を引いてリビングに戻り、カウチソファに並んで座ると流れるように押し倒す。

私を組み敷いて、顔の横に両手をついた彼は顔を近づける。

「夢じゃないよな？　俺の奥さんになってくれるんだよな？」

「私こそ夢を見ているようなの。だいちゃんとかっちゃんも、伊吹さんがパパになるとわかったらとても喜んでくれると思う。どうしよう……夢なら覚めないで」

伊吹さんの腰に腕を回してギュッと抱きつく。

「両親にも会ってくれ。思慮深くて綺麗な和音を気に入るはずだ」

ちゅっと鼻先に唇が落とされる。

「本当に……？　兄の件は大丈夫でしょうか？」

「もちろん。両親はふたりのかわいい孫に舞い上がるさ」

伊吹さんの唇はおでこや頬に移動し、戯れるようなキスにクスクス笑い声が漏れる。

「そうだったらうれしい」

「やることはたくさんある。まずはすぐに婚姻届を出して、結婚式を挙げよう。賑やかな式を」

そう言って、唇が甘く塞がれた。

そこへ寝室から「ママ～」というふたりの声が聞こえてきてハッとなる。

ふたりで顔を見合わせて、クスッと笑みを漏らしてから子どもたちを迎えに行った。

大輝は伊吹さんの膝の上で、克輝が私の膝の上でそれぞれが向き合って座る。

「だいちゃんとかっちゃんのパパなんだ。今まで会えずにごめんな。これからは君たちのパパでいさせてくれるか？」

伊吹さんはなるべく子どもにわかるような言葉で話したけれど、双子はキョトンとなっている。

「大輝、克輝。いぶきおじさんが本当のパパなの。これからずっと一緒よ」

「えーほんとう？　いぶきおじさんがパパ？」

克輝がまだ実感がないように不思議そうに聞いてくる。

「本当よ」

にっこり微笑んでから、伊吹さんと顔を見合わせ、大輝にも「パパよ」と口にする。

すると、大輝と克輝は私たちの膝からぴょんと下りて、ばんざいをしながらカウチソファをグルグル回る。

「わーい、ぼくたちにパパ！　いぶきおじさんがパパなんだぁ！」

ふたりの歓喜の様子に、私は目頭が熱くなってくる。

「伊吹さん……私、とっても幸せ」

「俺もだ」

手を重ねてからお互いが首を伸ばしてキスをした。

エピローグ

三カ月後。

チャペルの鐘が美しい音色を奏でる。

双子の三歳の誕生日が過ぎた最初の日曜日、私たちはホテルのチャペルで結婚式を挙げた。

伊吹さんとの結婚を決めた翌週には婚姻届を提出し、都営住宅の少ない荷物をまとめて引っ越しをした。大輝と克輝の共同の部屋には車形のベッドが両サイドにふたつ置かれている。彼らは喜んだが、ひとりではまだ眠れないので一緒のベッドに眠り、私も隣で寝かしつける毎日だ。

伊吹さんの実家は文京区《ぶんきょうく》にあって、想像通りの大きな敷地に二階建ての日本家屋だった。

彼の両親は私と双子を喜んでくれて、すぐに大輝も克輝も懐き、今ではお泊まりもできるようになっている。

私の家族も心からよかったと喜び、こんな幸せが訪れるとは思ってもみなかった。

なによりも伊吹さんと遊ぶ双子たちが楽しそうなのを目のあたりにすると、幸福感がひしひしと込み上げてくる。

伊吹さんのもとへ向かうヴァージンロードを先導して歩く、大輝と克輝。

私は父の腕に手をかけて一歩一歩、今までのことを思い出しながら歩を進める。

祭壇の前には純白のタキシードに身を包んだ伊吹さんが待っている。

これから、もっともっと幸せになる。

私のおなかには今、新しい命が宿っていて、七カ月後には五人家族になる。

私が伊吹さんのキャリーケースを間違って持っていかなかったら、出会うことがなかった。

そう考えると、運命で結ばれ、どんなことがあっても切れなかった絆《きずな》なのだ。

伊吹さんがプレゼントしてくれたペンダントは、私たちを別つ運命の日がくるまでずっとつけ続けるだろう。

END

特別書き下ろし番外編

幸せな日々

大輝と克輝が空手の道着を着たまま、道場の端で見学していた私のところへ駆けてきた。

十二月になろうとしている今日も道場に暖房はつけられていないので、裸足のふたりは寒そうに見えるが、本人たちは元気いっぱいで「どうだった？」とニコニコしている。

「かっこよかったわ。形もビシッと決まっていたわよ」

「パパがおしえてくれたから、せんせいにほめられたんだ」

大輝が得意げに話してくれる。

「ぼくもだよ」と、克輝が負けじと言う。

ふたりは引っ越し後、近くの幼稚園に編入し、現在は年中クラスにいる。

運動はなにかしらやらせたいと思っていたので、彼らに選ばせたのだが、まさか空手をやりたいと言うとは思ってもみなかった。

伊吹さんも小さい頃からやっていて大変さを知っていたので、無理強いをせず自由にさせようと考えていたところへの空手だったので驚いていた。

今は空手で心身ともに鍛えながら、礼儀作法も学ばせたいと思っている。

「せなちゃんは、ねてるの？」

抱っこひもで抱いている八カ月になる妹の瀬奈《せな》を見て、克輝がにっこりする。

「ええ。ぐっすり寝てくれているわ」

「おりこうさんだね」

大輝が妹を見ようとぴょんぴょん飛び跳ねる。

「ふたりとも、早く着替えちゃおうね」

周りの子たちが着替え始めているのを見て、双子は競うように道着を脱ぎ始めた。

その夜。子どもたちに夕食を食べさせているところへ、玄関が開く音がした。

「あ！　パパだ！」

もぐもぐ口をさせて話すので、ご飯粒がテーブルに飛ぶ。

「大輝、お口に入っているときはしゃべらないの」

テーブルのそばで立ったままたしなめていると、黒のコートを腕にかけて伊吹さんが姿を現した。

「おかえりなさい」

「ただいま」

私に笑みを向けた伊吹さんはテーブルに近づき、ふたりに「ちゃんと食べているか？」と声をかける。

「パパ、おかえりなさい」

克輝の挨拶後、口の中のものをそしゃくしてなくした大輝が「おかえりなさい」と笑みを浮かべた。

「もうお風呂に入っちゃったか」

「ぼくたち、はいったけど、パパとはいる」

「大輝、パパは疲れているんだからひとりで入るの」

伊吹さんは子どもたちに甘く『かまわないよ』とすぐに言うので、慌てて口を挟む。

「えー、パパはみんなではいるのがすきなんだよ」

大輝が反論すると、克輝がニコニコして身を乗り出す。

「だったら、ママとはいればいいのに」

何気ない言葉なのだが、克輝からそんな言葉が出てドキッと心臓が跳ねた。

「いいのか？」

伊吹さんが楽しそうに克輝に尋ねる。

「うんっ！　だって、あいちゃんのパパとママはいつもはいってるっていってたもん」

そ、そんな話を……？

「そうか、じゃあ……」

伊吹さんが双子から顔を上げて、私に視線を向ける。

「和音、ふたりの許しを得たから一緒に入ろう」

「子どもの前でなにを言っているんですかっ。お味噌《みそ》汁温めてきますね」

彼らから離れようとすると、大輝の声がする。

「ママっ、かおあかいよ？」

「どうしたのかな？」

双子は心配そうだ。

「ママは恥ずかしがっているんだよ」

「はずかしがってるの？」

「どうして？」

「どうしてって……」と伊吹さんは返答に困り始めるが、無邪気な双子は「どうして？　どうして？」と疑問が払拭するまで言い続ける。

困り果てる伊吹さんにそろそろ助け舟を出してあげなきゃね。

「ほらっ、食べたら歯磨きして。明日も幼稚園でしょう」

ビシッと言い放つと、双子は聞くのをあきらめ、急いで残りのご飯を食べ始めた。

双子を寝かしつけて、瀬奈にミルクを飲ませてからベビーベッドに横たわらせる。

ウトウトしているかわいらしい寝顔を見ながら、おなかの辺りを優しくポンポン叩いていると、背後からウエストに逞しい腕が回る。

頬に伊吹さんの唇が触れた。

「寝た？」

「ええ」

腕の中で振り返り、伊吹さんを仰ぎ見る。

「お風呂にまだ入っていなかったの？」

「子どもたちのお許しが出たからね。待っていたんだ」

「もうっ、ふざけないで」

笑いながらたしなめる私の頬に温かな唇があてられる。

今まで一緒にお風呂に入っていないわけじゃないので、伊吹さんは楽しんでいるみたいだ。

「私はもう子どもたちと入っちゃったわ」

「そんなつれないこと言うなよ」

伊吹さんは少し体を屈めたと思ったら、抱き上げられる。

「嫌なのか？」

唇を軽く食む伊吹さんに、ニコッと笑って首を左右に振る。

「嫌じゃないわ」

「満足のいく答えだ」

楽しそうな伊吹さんは私を抱き上げたまま、バスルームへ向かった。

END

あとがき

このたびは『愛に目覚めた外交官は双子ママを生涯一途に甘やかす』をお手に取ってくださりありがとうございました。

久しぶりのシークレットベビーでした。シークレットベビーブームはまだ続いているようです。

今回のヒーローは防衛駐在官です。

エリート一家出身の伊吹がトラブルからバリスタを目指す和音と知り合い、友情から愛に変わっていく過程を丁寧に書くようにしました。

執筆しながら、ローマ、フィレンツェ、ナポリ、ポンペイ、ヴェネツィアに思いを馳せらせるのはとても楽しいです。

皆様が少しでも旅行気分を味わってくださっていただけたら幸いです。

私事ではありますが、数え間違いでなければ他社様の紙書籍を含め、今作品が五十冊目の記念になります。これも読者の皆様のおかげです！　感謝申し上げます。

これからもどうぞよろしくお願いいたします。

数日前にカバーイラストのラフ画をいただき、大輝と克輝、かわいい～となりました。ふたりだけの人物イラストもあって、大輝は目じりがキリッとなって、克輝の目はクリッとしていて、それはもう人形が欲しくなるほどでした。

残念ながら、克輝は母の膝で眠っているので比較できませんが。寝てしまうところも克輝の性格だな～と思いました。

子供たちだけではなく、綺麗な和音を包み込むようにして抱く伊吹も素敵です。

カバーイラストを描いてくださいました森原八鹿先生ありがとうございました。

最後に、この作品にご尽力いただいたスターツ出版の皆様、担当の篠原様、作品編集にご協力いただきました八角様、ありがとうございました。

デザインを担当してくださいました橋本様、そして、この本に携わってくださいましたすべての皆様にお礼申し上げます。

二〇二三年七月吉日

若菜《わかな》モモ

若菜モモ先生への
ファンレターのあて先

〒104-0031
東京都中央区京橋1-3-1
八重洲口大栄ビル7F
スターツ出版株式会社　書籍編集部　気付

若菜モモ先生

本書へのご意見をお聞かせください

お買い上げいただき、ありがとうございます。
今後の編集の参考にさせていただきますので、
アンケートにお答えいただければ幸いです。

下記URLまたはQRコードから
アンケートページへお入りください。
https://www.berrys-cafe.jp/static/etc/bb

愛に目覚めた外交官は
双子ママを生涯一途に甘やかす

2023年7月10日　初版第1刷発行

著　者　若菜モモ

発行人　菊地修一
デザイン　hive & co.,ltd.
校　正　株式会社文字工房燦光
編集協力　八角さやか
編　集　篠原恵里奈
発行所　スターツ出版株式会社
〒104-0031
東京都中央区京橋1-3-1　八重洲口大栄ビル7F
TEL　出版マーケティンググループ　03-6202-0386
(ご注文等に関するお問い合わせ)
URL　https://starts-pub.jp/
印刷所　大日本印刷株式会社

Printed in Japan

乱丁・落丁などの不良品はお取替えいたします。
上記出版マーケティンググループまでお問い合わせください。
定価はカバーに記載されています。

ISBN 978-4-8137-1454-5　C0193

ベリーズ文庫 2023年7月発売

『S系外科医の愛に落とされる激甘契約婚【財閥御曹司シリーズ円城寺家編】』 一ノ瀬千景《いちのせちかげ》・著

医療財閥の御曹司で外科医の柾樹と最悪な出会いをした和葉。ある日、料亭を営む祖父が店で倒れ、偶然居合わせた柾樹に救われる。店の未来を不安に思う和葉に「俺の妻になれ」——突如彼は契約結婚を提案し…!? 俺様な彼に恋することはないと思っていたのに、柾樹の惜しみない愛に甘く溶かされていき…。

ISBN 978-4-8137-1452-1／定価726円（本体660円＋税10%）

『捨てられ傷心秘書だったのに、敏腕社長の滾る恋情で愛され妻になりました【憧れシンデレラシリーズ】』 高田《たかだ》ちさき・著

社長秘書の美涼は、結婚を目前にフラれてしまう。結婚できないなら地元で見合いをするという親との約束を守るため、上司である社長の要に退職願を提出。すると、「俺と結婚しろ」と突然求婚されて!? 利害が一致し妻になるも、要の猛溺愛に美涼は抗えなくて…！ 憧れシンデレラシリーズ第1弾！

ISBN 978-4-8137-1453-8／定価726円（本体660円＋税10%）

『愛に目覚めた外交官は双子ママを生涯一途に甘やかす』 若菜《わかな》モモ・著

会社員の和音は、婚約者の同僚に浮気されて会社も退職。その後、ある目的で向かった旅先でエリート外交官の伊吹と出会う。互いの将来を応援する関係だったのに、紳士な彼の情欲が限界突破！ 隅々まで愛し尽くされ幸せを感じるものの、身分差に悩み身を引くことに。しかし帰国後、双子の妊娠が発覚し…!?

ISBN 978-4-8137-1454-5／定価726円（本体660円＋税10%）

『冷徹御曹司の剥き出しの渇愛〜嫁入り契約した薄幸OLが幸せになるまで〜』 夏雪《なつゆき》なつめ・著

実家へ帰った紬は、借金取りに絡まれているところを老舗呉服店の御曹司・秋人に助けられ、彼の家へと連れ帰られる。なんと紬の父は3000万円の借金を秋人に肩代わりしてもらう代わりに、ふたりの結婚を認めたという！ 愛のない契約結婚だったのに、時折見せる彼の優しさに紬は徐々に惹かれていき…!?

ISBN 978-4-8137-1455-2／定価726円（本体660円＋税10%）

『天才ドクターは懐妊花嫁を滴る溺愛で抱き囲う』 蓮美《はすみ》ちま・著

恋愛経験ゼロの羽海はひょんなことから傍若無人で有名な天才外科医・彗と結婚前提で同居をすることに。お互い興味がなかったはずが、ある日を境に彗の溺愛が加速して…!?「俺の結婚相手はお前しかいない」——人が変わったように甘すぎる愛情を注ぐ彗。幸せ絶頂のなか羽海はあるトラブルに巻き込まれ…

ISBN 978-4-8137-1456-9／定価726円（本体660円＋税10%）